Elvira Lindo

NOCHES SIN DORMIR

Último invierno en Nueva York

Seix Barral, un sello editorial de Editorial Planeta, S. A.
Avda. Diagonal, 662-664, 08034 Barcelona (España)
www.seix-barral.es
www.planetadelibros.com

Diseño y composición: Miguel Sánchez Lindo
Fotografías: Elvira Lindo
Retoque fotográfico: Ana Zaragoza

Primera edición: noviembre de 2015
ISBN: 978-84-322-2554-3
Depósito legal: B. 16.605-2015
Impresión y encuadernación: Talleres Gráficos Soler
Printed in Spain - Impreso en España

A la memoria de mi padre,
que nunca quiso tenerme tan lejos

It is easy to see the beginnings of things, and harder to see the ends.

Joan Didion

I needed ugly and violent, ferocious and challenging. ... There is a tremendous richness of life here, Tourette's visibly present on the streets.

Oliver Sacks

No duermas, artista, no duermas,
no te entregues al sueño.
Que de lo eterno tú eres el rehén
en la prisión del tiempo.

Borís Pasternak

Bello y desolado, Nueva York visto desde el tren.

Enero

Hace ahora diez años le conté mi vida a una psicóloga de Harvard que estaba haciendo un estudio sobre el Nest Syndrome, ese mal que aqueja a las madres cuando los hijos abandonan el nido. Aquí, en Estados Unidos, esa fecha está dramáticamente marcada en el calendario. Madres y padres saben que cuando los hijos cumplen los diecisiete, la edad habitual a la que se entra en la universidad, los perderán en gran medida para siempre. Los perderán. Mi profesora de pilates era hermana de esta académica de Harvard y, habiéndole contado mi caso, que nos habíamos venido a Nueva York dejando nosotros a los chicos en nuestro país, estaba interesada en hacerme una entrevista. Mi caso era el de una madre que abandona el nido antes que su hijo. Escribir esta frase me duele.

Aunque evidentemente era así, me sentí de pronto culpable o dolida o pillada en falta y le dije a la monitora de pilates que no tenía sentido que prestara mi testimonio a su hermana; al fin y al cabo, una madre española no abandona jamás a su hijo porque no existe una separación abrupta como ocurre en las familias americanas. Por el camino de vuelta a casa lo medité y finalmente acudí a la cita de la psicóloga. Su despacho estaba en una de esas preciosas edificaciones de no más de cuatro pisos que hay en el Upper East, frente a Central Park, en la Setenta y tantos. El lugar donde el cine nos ha hecho situar siempre a los psicoanalistas. Pero aquí no había diván sino dos sofás en ángulo. Era un espacio precioso, de techos altos y enfoscados nobles, y la psicóloga en cuestión tendría unos cuarenta y algo, era una mujer alta, muy atractiva, elegante, que me invitó a sentarme y colocó una grabadora en una mesa baja donde reposaban, como si se tratara de un hogar, unos cuantos libros de fotografía y un jarroncillo con flores. Más bien parecía que fuéramos dos amigas dispuestas a compartir un té.

Me habló de su proyecto y me pidió que le hablara sobre cómo había vivido mi marcha de España y la separación de mi hijo. Yo le dije, no sin antes disculparme por mi mal inglés, que no sólo me había separado de mi hijo biológico sino también de los tres de mi marido y de mi padre. Y de mis hermanos, y de mis amigos, y de todo lo que yo era, porque yo era alguien en Madrid, yo era una persona que paseaba por el centro y entraba a las tiendas a saludar a unos cuantos tenderos que me conocían de siempre, y yo iba a un restaurante y saludaba al dueño, al camarero, o al de la mesa de al lado que me había reconocido, porque en mi ciudad, le decía, hay gente que me reconoce, soy, por así decirlo, una persona popular, por aquello que escribo pero, además, porque me lo he ganado día a día, le dije, soy callejera, inquieta, y de fácil conversación.

Le conté tantas cosas respondiendo a su primera pregunta que me olvidé del motivo que me había llevado allí, y también ella pareció olvidarse, y a las dos horas tuvo que tenderme los pañuelos de papel que trajo del baño, porque no sé cómo ni por qué, tal vez porque hablaba en otro idioma y surgió de mí un impudor inesperado, hice un repaso a mi temprana orfandad, a mi primer matrimonio, a su inicio adolescente y a su traumático final, a mi embarazo solitario, a mi separación, a mi desamparo, a la radio, a mis vagabundeos solitarios por esta nueva ciudad en la que estaba desde hacía un año, a ese marido que trabajaba en el Instituto Cervantes y que yo no veía casi, al día en que mi padre vino a mi casa de Madrid a despedirse antes de que nos viniéramos a Nueva York y, ya en el porche, cuando se iba, me tomó la cara muy fuerte con las dos manos, como hacía él por no saber controlar la fuerza cuando se trataba de dar cariño, y vi cómo se le saltaban las lágrimas y ya, sin decir nada, echó a andar. Me quedé en la puerta, mirándolo hasta que desapareció al doblar la calle, iba lento y muy tieso, tal y como andaba después de la comida del sábado, en la que solía beberse casi una botella de vino y dos whiskies con el café. Solía decirnos que a él el alcohol no le afectaba, que lo metabolizaba estupendamente, y que el tabaco le había servido siempre como sedante. Yo le llevaba la contraria por sistema, porque la defensa vehemente que hacía de sus vicios siempre tenía algo retador, aunque ahora en el recuerdo no lo concibo sin fumar.

Me pareció que en aquel momento preciso, en ese tramo de la calle por el que se marchó, despacio pero muy derecho, como suelen andar los que han bebido de más pero no están dispuestos a perder la dignidad, entraba en la vejez que llevaba años evitando, y sentí que, de alguna manera, yo le había arrojado a ella.

No sé cómo pude contar todo esto, pero monologué durante dos horas. La profesora tuvo que levantarse a cambiar de cinta. Salió a despedirme a la puerta. Ya era de noche. A la mañana siguiente, tenía un correo suyo en mi buzón: me pedía disculpas, estaba consternada, no se había grabado nada. ¿Podía volver la tarde siguiente?

Fui, pero tan avergonzada estaba por haber tenido tal acceso de impudor el día anterior, que no hice más que titubear.

Argumenté con torpeza que aunque me largara a Australia no sentiría más que el desgarro de la separación física porque sabría que siempre habría de volver a casa y que cuando volviera parecería que nunca me había ido. Y así fue, para todos menos para mi padre, que sintió de manera traumática que yo abandonaba el nido a los cuarenta y dos años. Desde el primer día, me preguntó por teléfono cada vez que llamaba:

—¿Cuándo dices que volvéis?

No supe nunca nada más de esta investigadora, ni si finalmente publicó su trabajo. Pero puede que ahí ande yo, con mi nombre y apellidos, en alguna biblioteca harvardiana, en papel y de viva voz, con mi mal inglés de recién llegada pero hablando sin descanso. Mi caso archivado, distinto al de las otras: el de la madre que se va, el de la hija que se va.

Me acuerdo de eso ahora, recién llegada al invierno neoyorquino.

· ❄ ·

Creo que éste va a ser el último invierno que pasemos en Nueva York. Antonio va a dejar las clases de la universidad. Ya no tiene ganas de dedicar tanto tiempo a enseñar y, además, no ha hecho amigos aquí, no ha sentido la Universidad de Nueva York (NYU) como un lugar cálido. No alcanzo a comprender esa aspereza universitaria. Si yo fuera profesora en un departamento de literatura y llegara a dar clase un escritor como él, al día siguiente le invitaría a tomar un café o le daría mi teléfono por si necesitaba algo. Claro que yo le doy mi teléfono a todo el mundo, y así me va. Ésa es otra.

En el bolsillo, veinte dólares, las llaves y el lápiz de labios.

Cierto es que en las relaciones acorto las distancias enseguida. Me ha costado entender que eso, en mi situación, es temerario. Acierto tanto como me equivoco y me hago luego un lío tratando de dar marcha atrás. Ésa es la historia de mi vida.

A Antonio fui a escucharle una noche de hace veinticuatro años en una mesa redonda sobre Bioy Casares, cenamos con él, un seductor, un hombre exquisito, y con el poeta Juan Luis Panero, al que yo miraba con espantada curiosidad por ser uno de los hermanos de aquel documental de terror, *El desencanto*. Después nos fuimos los dos a tomar una copa y ya no volví a casa esa noche. Cuántas veces me ha afeado muy cómicamente la conducta por haberme metido en la cama con un desconocido.

Volviendo al gélido ambiente de la universidad americana, parecerá que hablo de un tópico. Lo es, pero después de once años puedo asegurar que responde a una verdad. Antonio se va sin haber hecho un amigo verdadero entre sus colegas. A mí me parece frustrante. No ha sido así con los alumnos, que lo adoran, cierto que proceden todos ellos de países latinoamericanos y aún no tienen el cuerpo acostumbrado a pasear por la vida protegidos por esa burbuja que ampara y aísla a cada uno de los ciudadanos neoyorquinos. Es tanta mi extrañeza por esa frialdad en las relaciones con los colegas de trabajo que se lo comenté al profesor Maurer, el hispanista que tanto ha trabajado sobre Lorca y que es sin discusión un hombre adorable. Le pregunté, frente a una limonada el verano pasado en el Café Gijón, si era habitual que de estas experiencias académicas se saliera con tan pocos amigos (o si era cosa del carácter tímido de Antonio, me faltó añadir). Me contestó muy expresivamente con una frase: «Yo ahora me he venido a España y no tenía con quién dejar a mi perro. Las relaciones son cordiales en torno a la máquina del café —añadió—, se puede mantener una conversación agradable».

Milagrosamente, porque no hay otra manera de explicarlo, en todos estos años yo he hecho algunos amigos. He favorecido cada oportunidad que se me ha presentado, teniendo en cuenta que no he trabajado ni he estudiado aquí, pero tenía a mi favor uno de esos entrenamientos severos a los que te somete la vida y que no aparecen jamás en los currículum, aunque debieran considerarse: una niñez errante que me obligó a desplegar todos mis encantos para hacer amigos a los pocos días de llegar a un colegio, mudar enseguida el acento, y actuar con astucia para que al poco tiempo nadie se acordara de que era la niña nueva.

Hace diez años, cuando llegué, todavía luchaba contra la soledad. Iba mendigando conversaciones por las tiendas y agradeciendo sonrisas con ese tipo de ligeras inclinaciones de cabeza del extranjero que tratan de sustituir un idioma que no se domina. Tuve momentos de mucho desamparo pero no lo compartí con nadie, salvo con Antonio y sólo de vez en cuando. No sé contar mis penas, prefiero rumiarlas con la mujer que siempre va conmigo. Hace once años, cuando llegué a esta ciudad, no imaginaba que estaría aquí once años. Ni dos. Me dejé engatusar por Antonio, que tenía entonces la piel más dura para soportar esta ciudad y esa extraña cualidad de alguna gente de pueblo que les hace más fácil el salto de lo local al cosmopolitismo. O tal vez es que los de Madrid somos más de pueblo que nadie. Pasado el tiempo, lo que son las cosas: él se ha vuelto más sensible a la dureza neoyorquina y yo me noto más resistente que cuando vine.

Soporto mejor la soledad. Soporto mejor el frío. Soporto incluso mejor la visión de los roedores (que han habitado en mi propia cocina). Soporto mejor los bufidos de los que se quejan porque, por breves instantes, les entorpeces la vida si es que andas más lento o si dudas; trato de ignorar sus gestos de mal humor. Soporto sin desesperación los retrasos y las cancelaciones de trayectos en el metro. Soporto con mejor ánimo las ausencias. Con cuatro amigos que tengo aquí me basta. A veces hasta me sobra. Y ahora, que he aprendido todo eso, es cuando estoy pensando en irme para siempre.

· ❄ ·

He vuelto al gimnasio a revolcarme en el suelo con varios kilos de más que me he traído de España, porque, al contrario de lo que les suele pasar a los turistas o a los españoles más jóvenes que vienen aquí a trabajar, a mí me resulta fácil contener en Nueva York mis ansias de comer gracias a una comida que me gusta menos y a una vida social más pobre. Vuelvo a mi gimnasio cutre de Broadway con la 106: dos pisos de un edificio que parece que se va a desplomar de un momento a otro, con unos techos donde se entrecruzan los cables viejos y cuelgan aparatos insanos de calor, aire acondicionado o ventiladores llenos de mugre. Cuando me tumbo en la colchoneta y miro al techo y siento la vibración del metro, del autobús o la que provocamos las alumnas con nuestros ejercicios, pienso que esta ciudad se mantiene en pie de milagro, que un día se vendrá abajo un edificio —éste, por ejemplo—, y empujará al de al lado y así sucesivamente, como en un castillo de naipes.

Me voy al mostrador para gestionar mi *membership* y la chica negra que me atiende, que luce un tremendo moño hipnótico y unas uñas enormes pintadas con flores, me repite como una autómata las normas que tengo que escuchar cada semestre. Yo llevo la tarjeta de crédito en la mano, que es el rayo paralizador contra toda desconfianza americana. Mientras me cobra, miro la sala: no es un gimnasio para ver grandes cuerpos. Es, más bien, un gimnasio de la imprecisa tercera edad de este barrio. Por lo que a mí respecta, mejor. Es barato y ¡esto es el Upper West, señoras y señores! Abundan las mentes privilegiadas y los cuerpos abandonados. *Out of the blue*, una anciana que hace abdominales justo al lado del mostrador se tira un pedo tremendo. Un pedo largo, prolongado en el tiempo con redobles de caprichosa intensidad. Una percusión de *rhythm and blues*. Todo en re menor. La encargada se concentra en mi tarjeta para evitar cualquier contacto visual. En este país, mejor no hablar ni de caca ni de sexo, aunque sospecho que todo el mundo se muere por aliviar de vez en cuando esos tabúes. Me mira para que firme. La miro, sonrío. Las dos sabemos lo que sabemos. Y yo, por decir algo, porque vengo del país de Sancho Panza, porque es gracioso, bendito sea Dios, porque estoy hasta el culo de hacer como que no oigo, ni veo, ni huelo, ni siento ni padezco, le digo: «*That's life!*». La negra suelta entonces una de esas risas de las negras entre sonoras y fatigadas y, mientras voy subiendo por las escaleras a mi clase de pilates, la escucho todavía reírse, feliz, imagino, por haber compartido una ordinariez que le haya hecho abandonar por un momento la rutina solitaria de chica de mostrador. Y avergonzada también, porque la he visto ruborizarse tras su piel oscura.

ONE WAY

ONE WAY

Quién no lleva un niño dentro para reírse de vez en cuando de un pedo.

· ❄ ·

Ya tengo felicitaciones en mis mil buzones, mail, Facebook, WhatsApp, porque el día 23 ya ha llegado a España. Esa diferencia horaria hace que desde hace once años mi cumpleaños se prolongue durante un día y medio. Si no fuera porque ya las redes se empeñan en divulgar la celebración preferiría que fuera algo secreto, pero no se puede luchar contra los datos de dominio público. Aun así, no quiero escribir aquí los años que cumplo. No me da la gana. No los siento. No son míos. No he llegado a ningún sitio, ni quiero. No soy una mujer madura, tampoco un proyecto de vieja. Y al que me diga mañana que me conservo muy bien le tomaré una manía inconfesable durante un tiempo.

Hoy he cruzado dos veces Central Park, ese parque que es menos mío que el Riverside. Está pelado y feo, aunque Antonio dice que en invierno tiene una belleza amarronada y desposeída como de cuadro de Andrew Wyeth. Lo comprendo y lo comparto, pero aun así los árboles pelados me gustan en pintura, en la literatura o como concepto, no en la realidad. Bendigo ese momento en que la tierra muerta comienza a latir y de cualquier grieta en el asfalto brota la hierba en esta isla de naturaleza impaciente. Hoy todo era marrón y seco en el parque, menos mi corazón, afortunadamente, que a pesar de haber sumado un año late con buen ánimo.

· ❄ ·

He aquí una mujer mentalmente anclada en los treinta y siete. Ni uno más ni uno menos. Como dijo Jaime de Armiñán las Navidades pasadas, cuando su mujer, Elena Santonja, me preguntó de pronto cuántos años tenía: «¡Eso no se pregunta: Elvira está en la edad perfecta para no decirlos!». De acuerdísimo con Jaime. No es que desee ser más joven, en todo caso me gustaría porque cumplir años es acercarse al final de una vida que se me está haciendo breve, pero no estoy dispuesta a sufrir por la inconveniencia que supone superar los cincuenta. La otra alternativa es la muerte y eso lo dejo para los escritores malditos. Que se suiciden. Aunque los contumaces coqueteadores de la muerte no suelen ser valientes a la hora de quitarse de en medio. Yo, al contrario: ¡A vivir, a vivir!, que es lo que venían a exclamar las tres hermanas de Chéjov cuando decían aquello de «¡A Moscú, a Moscú!». Recuerdo que el año pasado un periodista comenzó presentándome en una entrevista como la escritora «de más de medio siglo». ¡De más de medio siglo! Menos mal que no se refirió a mí como «la escritora del siglo pasado», que en parte también lo soy.

Antonio dice que debemos celebrar mi cumpleaños en el Four Seasons; sostiene que hay que ser fieles a la tradición inaugurada ahora hace cuatro años. Y vamos. Como inevitablemente suele ocurrir en las celebraciones, hacemos recuento de la vida, decimos que parece que fue ayer, que todo parece que fue ayer, y yo le digo que mi único deseo es que en nuestro entorno no muera nadie más joven quc yo. Ya sabe él a quiénes me refiero: que nunca les ocurra nada a los chicos.

En el apartado «chicos» entran hijos, hija, sobrinos, sobrinas. Y él está de acuerdo. Tras esta nube de pensamiento mórbido al que yo tengo tendencia en cuanto se hace de noche y que Antonio está acostumbrado a disipar, tratamos de imaginar cómo será nuestra vida cuando ya no pasemos los inviernos aquí, el año que viene, sin ir más lejos.

Por más que queramos tener tradiciones y sentar la cabeza, compartimos una ansiedad por el cambio que nos hace estar siempre de mudanza. Tal vez sea la necesidad de vivir más de una vida dentro de esta vida tan corta que tenemos.

· ❄ ·

Cada mañana entro a la cocina con gran prevención. No he superado aquellos días del año pasado en que vi cruzarse varios ratoncillos del radiador a la nevera, de la nevera a la mesa. Si yo vi tres, ¿cuántos había? Una pequeña manada. Nuestro edificio cuenta con un *exterminator* que hace una visita cada mes, pero como yo no podía soportar la idea de tener ratones correteando por la casa tuvimos que pagarlo de nuestro bolsillo. Hasta que la compañía exterminadora vino a hacerse cargo de la invasión pusimos en las rendijas esas planchas de papel con pegamento donde los Mickies se quedan pegados. Cuentan, dentro de todo el sinfín de historietas ciertas o no que los neoyorquinos se intercambian como los cromos en esta ciudad infestada de roedores, que cuando se quedan pegados se los puede oír chillar. Por fortuna, no sentí nada, sólo vi el rabillo negro que asomaba debajo del radiador y me sentí incapaz de recoger el cadáver y echarlo a la basura. Delegué.

Los exterminadores hicieron su trabajo y Rubiela, nuestra sin par señora de la limpieza, estuvo presente en la batalla. Me mandó un mensaje que decía: «Cazamos tres, pero como en todas las guerras, honramos la memoria de los vencidos y delante de los tres ratoncitos guardamos un minuto de silencio».

Como Antonio es muy ceremonioso, hemos celebrado mi santo yendo a tomar el brunch a un sitio que nos gusta, el Lamb's Club, un club que fue de uso privado a principios del siglo XX para gente del show business y que hace poco tiempo se reabrió como restaurante. Tiene la madera oscura y la solidez decorativa del viejo Nueva York, el aliciente de una gran chimenea en funcionamiento del siglo XVIII y un grupo de música que ameniza la comida. Suele tratarse de un trío de cuerda y una cantante que interpreta *standards*. Ocurre aquí que la gente no siente la obligación de atender a una música que se considera parte del menú, así que, a menos que se trate de un club de jazz serio, donde el silencio es obligado, los músicos tocan mientras en las mesas la gente sigue con sus conversaciones. Y cuando se trata de ignorar a otro ser humano, en Nueva York se alcanza la maestría. Supongo que para los americanos es algo natural el disfrutar de una música de fondo interpretada por músicos excelentes. Pero Antonio y yo lo celebramos siempre como algo de lo que en Madrid carecemos, así que cada vez que terminan un tema, aplaudimos. Somos casi los únicos quc aplaudimos, somos los aplaudidores, de tal manera que termina siendo un

ood Morning!
VED FROM 6: to 12: noon MON. t
EGGS any Style POTATOES & TOAST
EGGS Any Style BACON, HAM OR SAUSAGE POTATOES & TOAS
EGG any Style BACON, HAM OR SAUSAGE
ORNED BEEF HASH
h 1EGG POTATOES & TOAST
ANCAKES Syrup & Butter
with BACON, HAM OR SAUSAGE
RENCH TOAST Syrup & Butter
ith BACON, HAM OR SAUSAGE

poco embarazoso que tras cada canción los músicos ignorados nos hagan una pequeña reverencia de reconocimiento con la cabeza. Al final, parece hasta que molestamos.

· ❄ ·

Dios mío, es martes, viene Rubiela. Rubiela abre la puerta a las nueve de la mañana y se la oye gritar a Loli con voz de niña pequeña: «¡Mi brujilla, mi brujilla!». Rubiela es pequeña, de un tamaño ideal para ser dueña de Lolita, tiene los ojos redondos y la mirada aguda, se parece a Giulietta Masina pero sin el aire soñador o melancólico de la actriz italiana. Rubiela es una mujer firme, autoritaria, segura de sí misma, vegana, maestra de yoga, profesional de la limpieza, jamás una chacha ni una sirvienta ni nada parecido. Rubiela viene a limpiar como una profesional, así que la casa ha de estar recogida para que Rubiela no pierda el tiempo en ordenar el espacio de dos escritores perezosos.

En perfecto estado, como soldados de un ejército ante el pase de revista, recibimos a Rubiela, que enseguida comienza a vacilarnos al peculiar estilo medellinesco, bromas sexuales de buen gusto cuando está Antonio; cuando nuestro hombre se va a la universidad, dedica un rato a mi instrucción, me imparte una lección de lo que sea: de alimentación, de medio ambiente, de remedios naturales contra cualquier contratiempo. Rubiela tuerce el gesto sin disimulo cuando ve mi gran surtido de medicinas. Lo sé, Rubiela, parecen muchas, pero es el botiquín que cada español se trae de España para salir del paso ante cualquier eventualidad. Yo creo en la farmacología.

Con Rubiela no discuto, no podría discutir. Me da pavor que me abandone. Ella ha ido más allá del veganismo y ahora profesa el crudismo como una religión. Cuando nos sentamos a comer, abre su tupper y yo me recaliento un atún encebollado del día anterior. Su comida produce entre sus dientes un sonido de roedor; la mía, de melosidad. Leo en un artículo —aquí hay estudios sobre los asuntos más peregrinos—, que existe una manía concreta del neurótico consistente en registrar y agrandar los sonidos de la gente comiendo. Reconozco la manía. Para colmo, agravo mi aprensión viendo una película anoche, una especie de documental de ficción, *Bernie*, con Jack Black y Shirley MacLaine, basada en un asesinato ocurrido en un apacible pueblo de Texas. Bernie, un enterrador muy apreciado por sus vecinos, se hace amigo de una ricachona malvada. Soporta hasta lo indecible, pero la gota que colma el vaso de la paciencia del bueno de Bernie es el ruido que hace la vieja al masticar.

A Antonio le divierte esa tendencia mía a atribuirme el último trastorno sobre el que leo un reportaje en la prensa. A mí me alivia esa actitud irónica hacia mis aprensiones, porque durante los días que me dura la obsesión sufro más de lo que me atrevo a confesar.

Volviendo a Rubiela. Nos llevamos bien, yo procuro darle la razón. ¿Por qué no transigir en menudencias si en lo fundamental ella está mucho más preparada que yo para sobrevivir en un medio hostil o en una eventual catástrofe? Si nos viéramos las dos solas en una situación insólita o excepcional, yo debería seguir sus órdenes para sobrevivir. Siempre he sentido fascinación por las personas autosuficientes, que no necesitan recurrir permanentemente a operarios porque tienen ingenio, habilidad y entienden el difícil mecanismo de los aparatos domésticos. Cuando era niña vi en televisión aquella obra de J. M. Barrie, *El admirable Crichton*, sobre un mayordomo que se convierte en el líder de sus señores al naufragar el barco en el que viajan en una isla desierta. El sirviente es el único que tiene recursos para sobrevivir porque conoce cómo funciona el mundo. Fue la primera vez que vi representada en la ficción la irracional división del mundo entre los que mandan y los que obedecen, que en tantas ocasiones tienen más habilidades prácticas que sus jefes.

Lo pienso a menudo, mientras ella me cuenta, por ejemplo, que en una ocasión tuvo que poner a la temible Naomi Campbell en su sitio. Ella ha limpiado para muchas celebridades. Truman Capote hubiera tenido una mina con Rubiela, pero si yo escribiera con detalle todas las anécdotas jugosas que ella, sin afán de chismorrear, me ha ido contando a lo largo de los años sería desleal con su personalidad, porque jamás trata de impresionar desvelando secretos de todos los famosos para los que ha trabajado. En primer lugar, porque a ella misma no le impresionan. Recuerdo que una vez estaba hablando yo por Skype con Elena Ramírez, mi editora, y le presenté a Rubiela, que andaba por ahí, con sus inseparables *vacuum* y el rollo de papel, el Bounty.

—Mira, Rubiela, es la jefa de la editorial que me publica los libros.

—Oh, encantada —le dijo Rubiela—, yo también trabajé en una editorial, en una bien conocida. Como profesional de la limpieza.

· ❄ ·

Cae la tarde y bajas al Riverside Park para cazar imágenes bonitas que compartir con los amigos que te escuchan al otro lado del océano. Las encuentras. Más que bonitas, mágicas, asombrosas. Hoy los niños no han ido a la escuela después de que el Ayuntamiento alertara de una gran tormenta de nieve que no ha llegado a producirse en la proporción que se predijo. Cuando los padres vuelven de trabajar, como a las cinco, hora en que ya casi es noche cerrada, bajan con los chavales al parque para ayudarlos a lanzarse en trineo por las suaves pendientes nevadas. La luz es asombrosa: una mezcla mágica de las bombillas de las farolas, del rojo del sol poniéndose y del reflejo de la blancura de la nieve. La inmensidad del parque, los niños tan chicos, los padres vigilantes, como guardianes (entre el centeno) en lo alto de la cuesta. No creo que ninguna imagen pueda reflejar un momento tan delicado y bello.

· ❄ ·

Más pruebas de que los americanos no disfrutan de su patrimonio musical como yo habría esperado cuando llegué: termino la clase de yoga y el profesor pone música. La voz de Billie Holiday cantando *All of Me* invade una sala que está en penumbra. Mientras las alumnas recogen sus colchonetas, el maestro, bailarín, recorre la sala entera dando unos pasos de ballet con mucha gracia. Nadie detiene su marcha. Sólo una anciana y yo nos quedamos arrobadas mirándolo. La anciana vivirá en parte, como todos los viejos, en su mundo de ayer y no tendrá prisa, más bien padecerá la prisa de este universo de agitación del que son

expulsados los que no siguen el ritmo. De alguna manera, yo también soy una *outsider*: trabajo en casa, ando por la calle sin destino concreto y siento el bufido de aquellos a los que entorpezco con mi deambular. Pero ser extranjera, *alien in New York*, ya no me importa. Es más cómodo que tratar de integrarse.

Me siento afortunada, agradecida por contemplar este momento. La ciudad ya oscura desde los ventanales, la voz de Billie Holiday y un bailarín que parece actuar para mí, para disfrute de tan sólo dos espectadoras.

· ❄ ·

Hoy he decidido que ya no quiero ser escritora. Escribiré hasta que me muera, porque estoy acostumbrada desde niña a emplear el tiempo de esa manera y porque así me gano la vida, pero siento muy profundamente mi falta de ambición, mi miedo cada vez más insuperable a escribir un libro y que esté en manos de todo el mundo. Esto es algo que debería comunicarles a las siguientes personas:

A Antonio, a Elena (mi editora) y a los amigos que me preguntan desde hace tres años que qué ando escribiendo. A nadie más. Si yo desaparezco de los escaparates, ¿a quién puede importarle?

Escribiré para ganarme la vida, tal y como hacía cuando escribía para la radio y sólo me preocupaba el programa del día siguiente. Sólo quiero sentirme implicada en el presente continuo. Creo que me entregué demasiado emocionalmente en ciertas páginas que escribí hace unos años y no me sentí recompensada. Aquella frustración se me enquistó y se ha convertido en desapego, en descreimiento. Escribo sin creer que mi vida sea la literatura.

Para colmo, me duele la mano derecha. Un dolor que se me extiende hasta el húmero, un hueso que ha entrado en mi vida para quedarse. Yo creía vivir sin húmero hasta hace unos meses, y ahora hay días en que después de escribir mi artículo tengo que reposar la mano sobre un cojín, y la miro como si fuera la extremidad de otro. A Henry James le pasó lo mismo, tan inútil y dolorida se le quedó la mano derecha que tuvo que contratar a un secretario para dictarle. Pero para qué quiero yo secretarios si ya no voy a escribir o si voy a escribir sin vocación. Tampoco soy Henry James. Lo cual supone en este caso un ahorro y una ventaja.

· ❄ ·

Paso el fin de semana de enfermera, cuidando a Antonio, que está malucho, con algo que parece una gripe. Empecé a ser enfermera a los nueve años, cuando mi madre tuvo el primer aviso serio de su corazón enfermo. Yo creía que podía curarla, era una niña con una especie de fe rara en vencer yo sola esa prueba de la vida a edad tan temprana. Siempre tuve manías con las que trataba de contrarrestar el miedo a la mala suerte. Después de su operación a corazón abierto le preparaba a mi madre zumos enormes y le llevaba la medicación a la cama. A los diez años. Tan pequeña y ya sentía que su curación estaba en mis manos. Cuando mejoró, pensé que mis cuidados la habían curado; cuando murió, seis años después, estaba convencida, no sin remordimiento, de que era mi paciencia agotada la que la había dejado marchar.

La enfermedad siempre me ha rondado, pero nunca hiriéndome a mí; es como si estuviera en el mundo para sanar, más que para que me cuiden, y sin embargo tengo una tendencia secreta que va y viene a sentirme derrotada. En una ocasión un psiquiatra me dijo que yo parecía estar bendecida. Extrañas palabras viniendo de un científico. Lo dijo después de escucharme un buen rato y yo sabía lo que quería decir: el que ayuda a sanar es aquel al que, milagrosamente, la enfermedad no le toca.

A mi padre le gustaba que yo fuera fuerte.

Qué nítido es el recuerdo de mi padre y cómo languidece el de mi madre.

· ❄ ·

No sé si duermo mal porque a partir de las doce de la noche mi mente se activa o si mi mente se activa cuando siento que no me voy a poder dormir. Antonio dice que después de cenar voy dando paso al momento de las grandes diatribas. Y es cierto. Es la hora en que opino sobre esto y lo otro, es el momento del día en el que veo las cosas claras, o eso creo, es ésa la hora en que siento que mis neuronas emprenden infinitas conexiones. Y gesticulo. Gesticulo a lo grande. Como hacía mi padre en los bares, pero en la cama, sobre el embozo, ahuyentando mi sueño y el suyo.

Hay veces en que, a partir de las doce, se me viene España entera a la cabeza, porque tengo la mala costumbre de leer el periódico del día siguiente a última hora, y se lo resumo a Antonio, y saco los brazos de las sábanas para enfatizar una opinión; hay noches, como hace un rato, en que Antonio se me queda mirando con media sonrisa, con esa media sonrisa cargada de razón y de ironía. Y hacemos un pacto: no leeré el periódico por la noche, ni se lo contaré a él; no pensaré, por ejemplo, en la indecente amnistía fiscal hasta la hora del desayuno. «¿Tenemos que hablar ahora de la amnistía fiscal?», me dice.

A la hora, desvelada y segura de que no voy a conciliar el sueño, me levanto y voy a la cocina. Antes de entrar doy la luz y pego un pequeño taconazo, como tengo por costumbre desde la experiencia de los roedores. Tomo un Tylenol PM; me lo recomendó uno de esos amigos que vienen a Nueva York y entran al Duane Reade a surtirse de vitaminas, melatoninas y tylenoles. Los insomnes andamos siempre dejándonos recomendar remedios que en boca de otros insomnes suenan como infalibles, pero la infalibilidad se desvanece pronto, en cuanto se pierde la fe. La fe cuenta mucho para conciliar el sueño.

Me dejé en Madrid unas hierbas de la sierra de Málaga que apestaban pero que me aseguraron que funcionaban bien; temí, aunque parezca pueril, que en inmigración el perrito policía sospechara sobre la naturaleza de mis hierbas. No es broma, así mismo lo pensé. Primero, te dejan aislada; luego, analizan. Y mientras, en España, el asunto en boca de todo el mundo. El mismo tipo de pensamiento vergonzante que cuando a punto estuve de que me pillara un chino repartidor con la bici. Antonio me agarró por los brazos y me empujó a la acera. Vas que no miras, vas que no miras. Pensé: no quiero ese tipo de muerte para mi necrológica. Tampoco quiero salir en la sección de sucesos.

Me siento en el sofá y, aun maldiciéndome por ello, enciendo el ordenador. Miro el correo y viendo el desasosegante panorama me pongo a responder mensajes. Son las tres de la madrugada pero en mi mente luce el sol de un mediodía. Y escribo.

Los dolorosos noes de la señorita Lindo.

He dicho que NO. He dicho que NO compulsivamente. Me he armado de valor, me he dicho, tienes que vivir, y he ido escribiendo que NO y que NO y que NO a todas las propuestas que tenía en el buzón. NO. No me gusta promocionar mi obra aunque sea a costa de que se pudra en el olvido. Que se pudra. También me cargan los escritores que viven para promocionar la suya. Soy una rara en este mundo de la escritura. Prefiero vivir a perder el tiempo hablando de lo que ya he hecho. Prefiero la vida, decía Chéjov. Y yo no soy ni James ni Chéjov, pero ¿es que acaso importa? Me duele la mano y prefiero la vida.

El coste de decir NO es tremendo. Tendré que hacerme un regalo mañana para serenarme. Porque dentro de un rato, de unas horas, cuando yo haya podido al fin conciliar el sueño, todas aquellas personas a las que he dicho que NO volverán a invadir mi buzón con reproches o dándole a su propuesta una segunda intentona, porque saben que decir que NO por segunda vez requiere mucha más voluntad.

En estos días del NO suelo imaginarme enferma. Me tumbo en la cama, cierro los ojos y, como si fuera una actriz, me dejo abducir por el personaje de mujer enferma. No muy muy enferma, pero sí una dolencia como para estar postrada en la cama. De niña imaginaba que me moría después de que mi madre me echara una bronca. Imaginar que mi madre se arrepentía por la injusticia cometida me consolaba tanto que casi me hacía llorar. Sentía un placer mórbido. Ahora fantaseo con que aquellos que me hicieron o me harán reproches se acercan a mi lecho y me dicen: perdónanos por haber sido tan insistentes. Detrás de ellos se encuentran aquellos que me hirieron recientemente y me acarician la cara en señal de perdón; al rato se presentan los que me hirieron en el pasado y de los que casi ya ni me acordaba. Siguen entrando. En el cuarto no cabe un alma más. Finalmente, ésta es la parte más emotiva, vienen hacia el lecho aquellos a los que yo hice daño y me tranquilizan, porque ya me han perdonado. La habitación está llena de personas que gracias a esta enfermedad tan oportuna que padezco me visitan sólo para ofrecerme paz de espíritu. Me siento a resguardo del prójimo y de mí misma.

En definitiva, sigue intacto en mí aquel deseo infantil de que tras un momento de caos todo vuelva a la armonía. Un caos provocado por mi incapacidad de cumplir con mi deber a tiempo, esa mezcla de pereza y dispersión que convierte esta tarea de escribir en un martirio.

· ❄ ·

Antonio vuelve de uno de sus peregrinajes culturales en búsqueda de un tema para su artículo. Ha visto *La cueva de los sueños olvidados*, de Herzog. Dice que le va a servir. Pero la conversación no arranca y a mitad de la cena le pregunto si le pasa algo.

—Nada.

—¿Nada?

—Bueno, que la taquillera me ha preguntado si yo era *senior.*

—...

—¿Tengo pinta yo de *senior*?

—No, pero es normal que te confundan: llevas la gorra calada hasta los ojos, se te ve sólo la barba blanca. Y no creo que tengan buena visibilidad desde la taquilla.

—Me ha deprimido.

—¿Te ha deprimido?

—Un poco... Digo, a ver si voy a tener ya pinta de viejo.

—Que no, hombre, que no.

Seguimos comiendo.

—Bueno, ¿y tú qué le has dicho?

—¿Qué le he dicho de qué?

—Que si le has dicho: mire, no soy *senior.*

—Ah, no, no, yo le he dicho que sí, que lo era.

—¿Le has dicho que sí?

—¡Es que me he ahorrado tres dólares!

—Pero ¿no dices que te había deprimido?

—Ya, pero ya que me ha jodido la tarde, por lo menos, me ahorro un dinero.

He aquí la mentalidad de un futuro *senior* del Upper West Side.

El primer paseante del amanecer parece salido de mis sueños.

Febrero

Ayer me peleé en el Facebook con un amigo (casi vergüenza me da escribirlo) por discrepancias políticas. Muy cutre. Frasecitas escritas en un momento de ira en una red social. No sé si será el signo de estos tiempos pero las conversaciones políticas acaban últimamente de manera agria salvo, obviamente, si se está de acuerdo en todo. Y yo, por sistema, siento el impulso de disentir en algo, es mi carácter. No poseo un espíritu gregario, las ideas bendecidas por un grupo masivo de gente me empujan a encontrar las notas falsas en el discurso de un líder. Estoy incapacitada para ejercer el poder, pero también lo estoy para disfrutar de la superioridad moral del opositor. Mi compromiso puede resumirse en menos de una línea: justicia social y educación. El resto, la intromisión de un partido en la vida particular del individuo, me parece abusivo. Tal vez me falta la fe para asumir un discurso político en su totalidad, debo de ser antiideológica. Y eso es un problema en estos tiempos en los que todo el mundo anda adornándose con su compromiso. Novelas comprometidas, películas comprometidas, teatro comprometido, hasta la banalidad tiene que hacer alarde de compromiso.

Sea como fuere, me revienta discutir con personas a las que aprecio y con las que tengo demasiado en común como para tener una reacción desabrida. Luego me arrepiento y, aunque sigo creyendo en aquello que defendí, acabo por pensar que lo hice a la manera antipática a la que siempre se recurre cuando una se enzarza en esa arena. Pero ¿qué hay que hacer? ¿Callarse para evitar un mal rato? Ésa es mi duda.

Además, estoy lejos de casa, y desde la lejanía me afectan más esos roces, porque al día siguiente los rumio de manera solitaria. Mi ánimo se divide en dos visiones del mundo: la que veo desde esta ventana que da a la calle 106, siempre tranquila y amable, y la que intuyo desde esa otra ventana, la del ordenador, por la que brota incontenible la tensión y la rabia que crecen día a día en España.

Qué difícil es ser buena amiga, pero cuánto más difícil es ser buena adversaria, no denigrar jamás al otro por mucho que te sientas ofendida. Tras una ofensa, cómo reparas una amistad. Qué difícil es encontrar personas que muestren con sosiego su profundo desacuerdo. Quiere una rodearse de buenos amigos pero, sobre todo, de buenos adversarios.

· ❄ ·

Hoy he bajado a comer con Antonio a University Place, al lado del edificio de NYU donde da clase, en un restaurante que se llama Knickerbocker, al que yo, con mi habitual gracejo, lo he bautizado como *el Motherfucker*. Antonio va allí a almorzar todos los lunes entre clase y clase, pero no era consciente de que el sitio molaba (bastante) hasta que yo se lo dije. Sostiene que cuando come solo no disfruta igual. *Knickerbocker* era la manera antigua, castiza y popular en que se nombraba lo neoyorquino y a los neoyorquinos. El aprendizaje de ese término se lo debo a este local, aunque lo había escuchado con frecuencia en viejas canciones de jazz.

El Knickerbocker es tozudamente *knickerbocker*: un establecimiento sólido, con una barra seria, frecuentado por profesores a diario, lo que se traduce en un local aburrido, tran-

Uno de esos momentos en que la ciudad se parece a sí misma.

quilo y algo oscuro a mediodía, y otro alegre y reconvertido en club de jazz y poco pretencioso, que siempre se agradece, los fines de semana. Jazz y grandes *beef steaks*: la mejor combinación posible. Las paredes están decoradas con las caricaturas en tinta negra de Al Hirschfeld, el célebre dibujante del *New York Times* que retrató a los artistas del Broadway del siglo xx.

Hoy nos hemos sentado en una mesa presidida por un retrato de Bobby Short. La voz antigua de Bobby Short me provoca el mismo efecto que la de Bola de Nieve: felicidad teñida por la melancolía. No sé si en algún momento tuvieron noticia el uno del otro, como sí debió pasar, siempre lo he pensado, con Chet Baker y João Gilberto, que parecían haber creado al norte y al sur de América la misma manera susurrante de decir las canciones; pero siento que hay un lazo misterioso que une a estos dos negros gays, Bobby y Bola, tiernos, teatrales, que cantan acompañándose del piano, haciendo singular y propia toda canción que interpretan. Como si sus voces fueran ya en sí mismas una versión musical. Dos negros del cabaret en el que a mí me hubiera gustado pasar las noches, en La Habana o en Nueva York.

A la comida ha venido Lorenzo, nuestro amigo científico que investiga sobre la naturaleza del miedo y la posibilidad de librar a soldados o a mujeres que hayan sufrido una agresión del estrés postraumático; no del recuerdo, añade siempre, sino de la angustia condicionada que provoca un capítulo agresivo. Además de su investigación en NYU, Lorenzo tiene a bien ser mi boticario de guardia cuando la necesidad lo requiere. Más de una vez ha venido solícito a casa con un antibiótico para una cistitis, una crisis de ansiedad o una infección de garganta. Siempre con unas flores y una risa nerviosa por delante. Como un camello ilustrado que se tomara su oficio a cachondeo.

Lorenzo anda por la vida con poco dinero (espero que esto no lo lean sus padres). Está visto que no se hace uno rico mejorando la calidad de vida de la humanidad, parece más rentable dedicarse a destruirla. En esta temporada, Antonio se ha propuesto invitarle a comer los lunes en el Knickerbocker. Lorenzo llega tarde por sistema, alterado, y tarda en concentrarse y pedir. Siempre elige la hamburguesa, que en este establecimiento es una cosa seria, y cuando la tiene delante la deja enfriar porque se distrae hablando, como si tuviera prisa y quisiera contar algo urgente antes de irse. «Lorenzo, come.» Y entonces se acuerda de lo que tiene en el plato y lo engulle, literalmente, en dos bocados.

Salimos a la calle nevada y dejamos a Antonio en su edificio. Lorenzo y yo damos un paseo por Washington Square. Ha subido algo la temperatura, hasta hacer soportable el frío; no hay viento, reina una luminosa quietud y la nieve ofrece entonces su lado más alegre. Qué rara la nieve, tan pronto te amarga la vida como te enciende el alma. Por algo los pueblos que la sufren durante medio año tienen tantas palabras para nombrarla. Yo voy saltando, saltando, desafiando el suelo resbaladizo en el que es muy posible romperse la crisma, y Lorenzo se ríe al verme hacer piruetas. Hay una locura que provoca la nieve. Salto con las botazas, el gorro ladeado, el plumas, la bufanda. Sé que ahora, vista desde arriba, desde la ventana de la oficina de NYU donde da clase Antonio, podría parecer una niña que corre por el parque en un momento extrañamente solitario. Hay un silencio blanco. Me considero afortunada por estar aquí, no experimento el peso de la nostalgia ajena como cuando vivía mi padre, no le hago falta a nadie ahora mismo y eso me hace sentir ligera.

Washington Square nevada, solitaria y sin apenas tráfico en sus calles laterales, parece ahora mismo una estampa de Henry James; en primavera, parece de Henry James; en el otoño de hojas ardientes parece de Henry James y en el invierno de árboles pelados y suelo blanco parece propiedad de Henry James. Pero también es de Lorenzo, el científico, que la cruza a diario para ir a su laboratorio.

Y de muchos artistas de calle que aquí ensayan su camino a la gloria.

Y de numerosos *knickerbockers* que expresan bajo el arco de triunfo su descontento social los domingos por la mañana.

Y de las chicas medio en tetas que se tumban en la hierba en cuanto sale el primer sol frío de la primavera.

Y de algún mendigo que te señala la luna llena a cambio de un dólar.

Y de los Hare Krishna.

Y de los dueños de perros salchicha que celebran su jornada un día de primavera.

Y de los echadores de cartas.

Y de los jugadores de ajedrez.

Y así.

También es mía.

· ❄ ·

Mi barrio, reflejado en un charco del Riverside Park.

Esta mañana, de camino a casa por la acera oeste de Broadway, he visto un ratón y lo he seguido. Como se podrá observar, Nueva York saca de mí la versión más temeraria. Ha hecho un día gélido pero soleado y, si una se olvidaba de que el aire cortaba la cara, el paseo invitaba al optimismo. En vez de salir corriendo como hubiera hecho, por ejemplo, si lo hubiera encontrado en mi cocina, he intentado sacarle una foto, pero está claro que lo mío no es el *National Geographic*: desenfundo demasiado lento para una criatura tan veloz. Dicen que tanto los ratones como las ratas no se aventuran más allá de una manzana de donde las madres los parieron; éste debía de andar perdido porque es raro que hagan acto de presencia a plena luz del día. Leo cualquier reportaje de roedores que viene en la prensa. Es mi manera, eso creo, de ir perdiendo la fobia. O de hurgar en ella.

El tal Mickey ha comenzado su aventura en el Kentucky Fried Chicken de la 106 y así, arrimadito a la pared, ha llegado a los grandes ventanales de Henry's. Estaba buscando una rendija por la que colarse al restaurante, atraído por el olor a comida, el calor y la nostalgia de su madre, que tal vez estaba ya dentro. Henry's, el mismo establecimiento donde tomamos los huevos Benedict los sábados.

Inexplicablemente, me ha pasado como en las novelas de Patricia Highsmith, que te empujan a ponerte de parte del criminal: he deseado que el ratoncillo encontrara cobijo. ¡Yo! Imagino que esta repentina conversión de fóbica a amante de los roedores cambiará si lo veo (Dios no lo quiera) corretear entre las mesas de Henry's el próximo sábado. Me levantaré con la mano en el pecho, llamaré al camarero, se lo haré saber a los presentes, y la clientela reaccionará con la indiferencia de costumbre. A no ser que un restaurante esté infestado de ratas no hay, para el neoyorquino, motivo de alarma. ¿Por un ratón? ¿Qué es un ratón comparado con la amenaza de que cierren el Henry's, donde siempre se encuentra mesa sin haber reservado, las raciones son abundantes y el precio razonable?

· ❄ ·

A veces voy por la calle y pienso en verso, en verso libre. Siento que es una intromisión en un terreno que no me pertenece y no suelo escribir los versos que paseo. Pero esto es un diario, y un diario exige un compromiso de sinceridad. Esto es lo que queda de lo que venía imaginando esta tarde. Esto es lo que queda. Lo había titulado «Aquellas tetas mías de 1978», en homenaje a «Aquellos ojos míos de 1910», de Lorca, pero le he borrado el título para restarle humor. Se lo había dedicado a mi madre, pero también he eliminado la dedicatoria, por si mi procacidad pudiera ofenderla (para mí, los muertos, tanto como algunos objetos, tienen vida).

Si tuviera ahora veinte años,
si mis tetas fueran las de entonces,
llevaría blusas livianas sobre los pechos desnudos
para sentir el roce de una seda con otra.
Si tuviera veinte años ahora
y las piernas de entonces,
que no eran largas pero sí duras, morenas,
me pondría unos shorts
y botas altas de cuero

para andar por la calle
como si acabara de bajarme de un caballo.
Si volviera a los veinte años
no andaría encogida como solía
para esconder el pecho a las miradas de deseo
con las que me cruzaba.
Mis tetas eran como dos manzanas,
tan duras que dolían cuando alguien las tocaba,
él las tocó, fue el primero,
y me preguntó: ¿no te duelen?
Cuatro años después tuvimos un hijo
y ya no me preguntó más.
Mis tetas: no había manera de ocultarlas
salvo bajo aquellas camisas gruesas de franela
que me llegaban casi hasta las rodillas
y torturaban a mi madre.
Yo hubiera querido tener la espalda ancha
de aquella compañera,
la campeona de atletismo,
de la que se rumoreaba que se lo montaba con su hermano
y poco después que era tortillera.
Hubiera querido tener, sí, su desenvoltura
para andar con las piernas un poco separadas.
A veces secretamente la imitaba
y me sentía poseída por ese estilo
de tía chula, poco femenina.
A menudo notaba la mirada censora de mi madre
que me observaba
desde su sofá de enferma
y me hacía sentir que yo era

En mis pesadillas vuelvo a la juventud y temo verme atrapada en ella.

uno de los muchos fracasos
de su vida.
O al menos eso creía yo
pero la muerte le arrebató
la posibilidad de cambiar
mi versión de los hechos.

Me miraba como si tratara de averiguar
en qué tipo de persona me convertiría,
me miraba con pena, también,
por saber que ella no estaría para remediarlo.
Ahora entiendo su inquietud.
Ni siquiera llegó a verme con veinte años,
se fue en mis dieciséis,
en la chica de camisa de franela hasta la rodilla.
Tal vez pensó que yo sería así para siempre
o que daría muchos tumbos.
Las madres te adivinan,
saben, casi desde que empiezas a andar,
si tú eres una de esas criaturas
que no conocen el terreno que pisan.
Y acertó.
Porque yo fui muchas hasta llegar
a quien soy en este momento.
Quien soy
se divide en muchas también,
según el día,
pero suelen ser personajes interpretados
por voluntad propia.

Si tuviera hoy aquellos veinte años
que mi madre no vio,
andaría desnuda por la casa
sin miedo a encontrarme con mi
imagen reflejada en un espejo.
No quiero ser joven,
es una condena que no le deseo a nadie,
pero quisiera poseer en un día robado al pasado
aquellas tetas como manzanas, aquel culo,
aquellas piernas bonitas y peludas
que mi hermano decía
que parecían las de Amancio.
Pudiera parecer un deseo estúpido, superficial,
pero es que no hay otra cosa que me atraiga
de aquellos años.
En mis pesadillas vuelvo a la juventud
y temo verme atrapada en ella.
Visto todo lo que tuve que pasar
para sentir un poco de paz
cada noche cuando cierro los ojos,
y aun sabiendo que madurar es tener conciencia
de que cada mañana en que abro los ojos
está robada a un tiempo contado,
pienso:
le pueden ir dando mucho por culo a la juventud.

A mí que me devuelvan sólo las tetas.
Con un día me basta,
sólo para comprobar
si hubiera podido ser otra.

· ❄ ·

—¿Qué echas más de menos de España?

—El bidé. El bidé, las persianas y que te saluden los vecinos en el ascensor. Y a mi padre, que ya no está.

· ❄ ·

Voy a la feria de la ropa vintage y buena señal: al entrar no huele a rancio. Las tiendas de ropa de segunda mano exhalan un aroma peculiar, una mezcla compacta en la que un olfato perspicaz puede distinguir toques de orín, talco, alcanfor, sudor retestinado y perfume de tocador antiguo. Como si las prendas hubieran sido traspasadas del armario de una difunta a la percha de una tienda vintage para su venta. Pero aquí huele bien, el espacio es amplio, y hay grandes personajes entre clientas y vendedoras. Me siento vagando por una película de época, pero no sé de qué época: el público oscila entre las viejas de excentricidad intemporal que viven en esta ciudad en su perfecto hábitat y las jovencitas que visten como si hubieran salido de una foto de Vivian Maier.

Lo de las jóvenes es síntoma de una veleidad estética que seguramente desaparecerá con el tiempo, pero en las abuelas se trata de una extravagancia irreversible. Los sombreros caprichosos, las gafas enormes de concha, los labios ya sumidos por la edad muy pintados de rojo Chanel y esos cuerpecillos como flotantes y un poco encorvados en donde todo cae bien, porque es un estilo más allá del bien y del mal. Aunque parezca imposible, Iris Apfel no es la única anciana en Nueva York que merece protagonizar un documental. Si no fuera

Para vender vintage hay que disfrazarse de otro tiempo.

por todas las Iris que venden o compran esos extraordinarios collares enormes de malaquita que destrozan las cervicales, estas ferias serían aburridísimas, sólo frecuentadas por esnobs que buscan un chollo para luego presumir de que tienen buen ojo.

No soy esnob (o a lo mejor un poco), pero tengo buen ojo y he encontrado mi chollo del año: una chaquetón de cuero ochentero de Yves Saint Laurent. Me lo he puesto ante el espejo y al subirme la cremallera y ajustarme el cuello de piel he visto con claridad el personaje en que me convertía. Y me ha gustado. Es un personaje al que me apetece pasear por la calle.

· ❄ ·

7 de febrero, cumpleaños de mi madre. Soy mayor que ella cuando murió, a los cuarenta y siete años. La creía a ella tan mayor, cierto que estaba envejecida por la enfermedad; yo me veo tan joven, una siempre se ve más joven de lo que está. Qué pronto se fue. No le dio tiempo a ver nada.

· ❄ ·

Antonio ha preparado unas judías pintas que dan consuelo al estómago y al alma cuando hace tanto frío. No merece la pena salir; parece mentira que yo diga esto, pero me rindo. La ciudad está horrenda. La nieve se ha helado en las aceras, convertida ya en costra grisácea, y todo aparece amarronado bajo un cielo plomizo. Al calor del potaje acuden Jim White, el bróker que nos ayudó a encontrar el apartamento, y Lorenzo. Aunque las judías están para morirse, no sé si para Jim eso de comerse unas judías solas, sin carne ni salsas ni picante resultará algo soso o primitivo, porque aquí las legumbres no se comen porque sí, por el puro gusto de paladear el sabor de la legumbre, por el placer de sentir en la boca una cucharada de melosas judías. El aroma cálido y austero de la cocina española inunda esta escalera en la que suelen prevalecer los olores a especias indias o chinas de los *deliveries* a la caída de la tarde.

Como es temerario pasear con este frío me voy al pilates. Está lleno. Un domingo por la tarde.

¿Por qué oigo tantas veces que esta ciudad es glamourosa? Quienes eso dicen, ¿la han sufrido?

· ❄ ·

Leo un reportaje en el *Times* sobre el crecimiento de la *homeschooling* en Estados Unidos, la escolarización en casa. Hace años escribí un artículo acerca de esta opción educativa, que me parecía sólo apta para un país tan individualista como éste; ingenua de mí, pensaba que ese sistema quedaba muy lejos de las costumbres mediterráneas y sólo podía sostenerse aquí, donde hay gente dispuesta a hacer de cualquier extravagancia su razón de vida. Me equivoqué, con el tiempo y con muchos artículos a mis espaldas he aprendido que todo lo relacionado con la educación de los hijos es material sensible; siempre habrá padres que consideren normal aquello que tú calificas como un disparate, y que cuanto más minoritaria sea una tendencia, antes cruza fronteras y más vehementes son los que la defienden. Algún tirón de orejas y algún insulto que otro recibí de padres y madres españoles que preferían controlar en casa la formación de sus hijos, cosa que, para mi sorpresa, no es ilegal, ni legal tampoco.

El caso es que el reportaje me hizo recordar algo que no suelo contar, por haber sido motivo de burla de mis hermanos, y sobre lo que tampoco he escrito nunca: lo poco que fui yo al colegio cuando era pequeña. En mis primeros años escolares, que transcurrieron en Buitrago y en el pantano del Atazar, mi madre me dejaba quedarme en casa con cualquier excusa, porque me dolía la barriga o porque hacía mucho frío en aquella sierra del pantano del Atazar donde yo empecé la escuela. Me metía con ella en la cama y nos volvíamos a entregar al sueño. Mis hermanos estaban internos y yo disfrutaba de mi condición de hija única y también sufría de esa diferencia que ellos no se cansaban de señalar.

Nos levantábamos tarde y yo pasaba un día casero, en pijama, cultivando mi enfermedad medio imaginaria hasta que se me olvidaba; siguiendo los pasos de María, la chacha, mostraba mi felicidad abiertamente; entonces, mi madre, tan responsable como yo de la pequeña farsa, me amenazaba con mandarme a la escuela por la tarde y yo volvía a estar mohína, incomprendida por unos y por otros, sintiéndome febril aunque el termómetro no lo registrara.

Cuando a mi madre la operaron del corazón vivíamos en Palma de Mallorca, yo tenía diez años. La operación fue a mitad de curso y mientras ella estaba en el hospital en Madrid nosotros seguíamos en la isla, con mi tía Concha. Llegó la Semana Santa y vinimos a verla a Madrid. Hace unos años escribí un pequeño relato sobre la impresión que me produjo

The Hippo Park. No es una ciudad para niños aunque tenga unos parques a la medida de los sueños infantiles.

mi nueva madre, su deterioro físico tras dos meses sin verla. Débil y melancólica, como ella fue para siempre tras la operación, no quiso separarse de mí de nuevo: mis hermanos volvieron a Palma y yo me quedé en Madrid el resto del curso, distinta y extraña entre las niñas de la escalera a las que veía marchar y volver del colegio. Las monjas del Sagrado Corazón me mandaban desde la isla los deberes en un sobre cada semana, y yo los hacía al lado de mi madre y de mi tía, teniendo de fondo sus conversaciones, sintiéndome una vez más tan privilegiada como ajena a la vida común. Volvimos a Palma para los exámenes finales, asistí a clase sólo una semana, recogí las notas, que fueron buenas, y me despedí porque volvíamos a la Península.

Fui una pionera del actual *homeschooling*. O tal vez solamente fui una malcriada. ¿Me ha quedado alguna secuela? Creo que acrecentó mi tendencia a la dispersión y a una vagancia contra la que lucho a diario trabajando a deshoras. No afectó a mi espíritu sociable, pero acentuó mis peculiaridades. Aun así, me quedo con lo bueno: una infancia con pocos madrugones y en brazos de mamá, que no debía de estar muy de acuerdo con que yo creciera. Y así me he quedado: algo infantil para las cosas prácticas de la vida.

· ❄ ·

He conocido a Colm Tóibín. Mi admirado Tóibín, en animada charla con Antonio. No hablaron de un libro en concreto sino en general de las novelas de Antonio, que es de lo que trataba el encuentro. Creo que Tóibín se había leído dos, *Sefarad* y *La noche de los tiempos*. Lo cual no es poco.

Dada la longitud de ambos libros, el irlandés se había leído casi dos mil páginas. Sostiene el tópico que es mejor no conocer a un artista a quien admiras para que no se malogre la idea que tienes de él. A mí eso no me ocurre. Llevo conociendo a personas ilustres o famosas desde que comencé a trabajar en la radio a los diecinueve años y hace mucho que aprendí que la mezquindad no está reñida con el talento, tampoco la egolatría con la humanidad que un texto respire.

Tóibín resultó ser un encanto. Generoso con Antonio y muy agudo literariamente, Tóibín tiene una peculiaridad cómica, una sonrisa que rompe en risa cuando menos lo esperas y unos gestos nerviosos, como de persona a la que asaltan varias ideas buenas a la vez y ha de hacer un esfuerzo para seleccionar una. Mueve las manos muy expresivamente dejando los dedos índice y corazón tiesos, lo cual le confiere un cierto aire de marioneta.

Después de la charla, fuimos a cenar al Pámpano, el mexicano al lado del Cervantes. Me gustó que se dejara preguntar sin reservas y con alegría. Le pregunté por *Brooklyn*, su novela sobre la muchacha irlandesa que emigra a Nueva York en los años cincuenta. Nos contó que está basada en una historia que le había contado su madre. La sobrina de la mujer que inspiró la historia se presentó en una de las charlas que ha dado Tóibín estos días en Columbia, donde imparte clases de literatura durante un semestre. El novelista siempre está expuesto a que le persigan sus personajes.

Le pregunté por *The Master*, su libro sobre Henry James, al que siguió, con sólo seis meses de diferencia, el de David Lodge también sobre James, *Author, Author*. Una desafortunada casualidad en la que salió perdiendo Lodge, por aquello de que su libro se publicó más tarde y de que, aun siendo Lodge un novelista reputado e ingenioso, goza de menos prestigio literario. Ya se sabe que haber escrito humor resta puntos. A mí me gustaron las dos novelas, las leí una después de la otra, aunque es más penetrante la de Tóibín, donde la homosexualidad de Henry James es una sugerencia sutil que recorre todas sus páginas. Colm dijo: «La novela de Lodge es buena. Yo me leí la suya, en cambio sé que él no se ha leído la mía».

Tan alegre y tan llano es, que Antonio y yo actuamos como solemos cuando se nos presenta la posibilidad de compartir mesa con un comensal interesante: sometiéndolo a un interrogatorio. Miento: también lo hacemos con quien no tiene demasiado interés. Es una tendencia a la amabilidad que compartimos los dos y que practicada en pareja puede resultar abrumadora para un tercero. También halagadora. A veces sin motivo.

Le preguntamos sobre sus clases en Columbia, creo recordar que su curso era sobre novelistas inglesas, y por su vida aquí en nuestro barrio, en el Upper West. Nos pregunta a qué restaurantes solemos ir. Esa cuestión es cómica para un neoyorquino *comme il faut*, educado con el *Times* o el *New Yorker*, porque no sé cuántas veces se habrá escrito la broma de que el Upper West es la *wasteland* de la restauración. Los restaurantes del barrio sólo tienen interés para los vecinos. No hay neoyorquino que se haga el viaje hasta el Upper West para vivir una experiencia culinaria. Y a Tóibín se le ve un hombre de caprichos. Yo también, pero ya me he acostumbrado a recorrerme cuarenta calles para encontrarlos. El Upper West es refractario a lo cool, y ésa es su gracia; ni el hipsterismo, que trata de hacer un viaje de vuelta a los oríge-

Keen's. Cuando Nueva York ofrece escenas de otro tiempo.

nes, se atreve con esto. Los hipsters se van a Brooklyn, que es más adaptable a lo que ellos entienden por el pasado. El viejo Upper West está impregnado de la tozudez intelectual judía.

Quedamos en vernos algún día de éstos. La iniciativa tendrá que ser mía porque Antonio es perezoso para tomar la iniciativa, para profundizar tras un encuentro prometedor. Por eso siempre acaba teniendo amigos tan persistentes. Son aquellos que no se desaniman con sus evasivas, que no admiten un no por respuesta, que llaman y llaman hasta que contesta al teléfono. Tienen mérito, eso sí.

Tóibín ha dicho que pronto se irá a Malibú, a ver a su novio. Está pensando vivir allí por un tiempo.

—Imagínate una tarjeta de visita que ponga, «Colm Tóibín. New York - Malibú», ¿no es un sueño hecho realidad?

· ❄ ·

Aunque quisiera eludir la fecha, no podría: Manhattan está infestado de corazones. Corazones de pastel, de globo, de pegatina, de ravioli, de canción... El año pasado, cuando Antonio estaba en Israel por el Premio Jerusalén, me compré en The Garden of Eden unos ravioli de corazones. Los cociné y los comí en soledad. Todo por hacerme una broma. Leí hace tiempo un reportaje en el que se afirmaba que la risa es cosa de grupo, que los que ríen en soledad están un poco desequilibrados. Yo creo que lo que desequilibra es leer reportajes sobre temas psiquiátricos. Y yo leo todos los que caen en mis manos.

Vamos por la noche al Birdland y, debido a esa rigidez de los tres turnos en los clubes de jazz, nos encontramos con que a pesar de tener reserva debemos hacer cola en la calle durante casi una hora. Cuando al fin entramos, estamos tiritando, cabreados y para colmo la cantante Sara Gazarek, que goza de cierto prestigio, resulta en directo más vulgarota que en CD. Hay tantos vocalistas que cantan bien en Estados Unidos que lo que pides a estas alturas es que aporten algo diferente en la interpretación de *standards*.

Es una noche de público raro, de celebración amorosa entre cursi y ordinaria, pero no de aficionados a la música. Antonio dice que está todo lleno de putas con sus clientes. A mí me parecieron sólo horteras. Hay ciertas americanas para las que arreglarse es ponerse brillos y enseñar las tetas.

Es misterioso: todo el mundo se come hasta el fondo los cuencos de patatas fritas. Siempre lo he pensado: se merecerían estar más gordos de lo que están. Y yo, por comparación con su incontinencia, mucho más delgada. Algo raro pasa.

Salimos a Times Square para tomar el metro. Nieva al ras o racheado, como dicen los meteorólogos sobre el mapa de España. El viento cargado de nieve te hiere la cara. Hace un frío insoportable pero, aun así, el bullicio de este cruce de calle pesadillesco no decae jamás; está como suele, tan abarrotado que no aciertas a saber dónde pisas. Un turismo adocenado consume boberías en las tiendas de souvenirs, se alimenta en los puestecillos de esa carne condimentada con una especia que descoloca el estómago, se hace selfies ante los luminosos o se retrata con los personajes de cómic que piden agresivamente dinero en cuanto se enfoca la cámara hacia ellos, como si fueran los dueños del espacio. Bajo esos disfraces hay inmigrantes latinos recién llegados que provocan lástima pero también hay tipos resabiados, chulos, que han hecho de este absurdo su modo de vida y te desafían de mala manera si pretendes hacer una foto sin pagarles un dólar.

Hace unos días vi *Birdman* y creo que hasta ahora no había visto reflejado con tanta maestría el miedo a volverse loco que a veces te asalta en Nueva York, y dentro de Manhattan, en este triángulo pavorosamente plagado de luminosos en donde hay un gentío al que se le dispara la adrenalina y vive una ilusión de felicidad, y otros tantos, infelices, vulnerables, miedosos, entre los cuales me incluyo, que temen quedarse atrapados entre la masa, sin encontrar la salida, la imposible vuelta a casa de algunos cuentos, y no poder regresar jamás a la vida anterior.

Salir de allí es como despertar de un mal sueño, decimos. Entramos en el metro y, de pronto, nos parece silencioso en comparación. Nos sentimos a salvo en este vientre urbano cálido, hirviente de conexiones de un lado a otro de la ciudad. Tomamos la determinación de no volver a pisar Times Square salvo de manera subterránea. Incluso estética, artística, humanamente, con sus mosaicos y sus músicos, tiene más interés en la calle 42 el mundo bajo tierra que el espectáculo febril de los anuncios gigantes y los descontrolados turistas que se hacen fotos con unos superhéroes que están ya en todas las plazas de las grandes ciudades del mundo. Incluso en la Puerta del Sol.

El escritor alemán Carl Zuckmayer, huido del nazismo, apuntó, en sus primeras impresiones de Nueva York en 1939, que lo había vivido como una marea incesante, «absorbiendo los ruidos vulgares y el olor a palomitas de maíz de Times Square, los súbitos silencios huecos en las calles laterales, los

Dan más miedo en persona que en el cine.

torrentes de luces, el chillido de los frenos y el aullido distante de las sirenas de los barcos... Todo, incluidos los peligros de la gran ciudad, nos daba la sensación de haber aterrizado en un continente salvaje, donde tienes que estar preparado incansablemente para aventuras y sorpresas».

Las sensaciones vendrían a ser idénticas ahora, con la diferencia de que ahora existen Times Squares en muchas ciudades del mundo.

· ❄ ·

Otro día en que salir de casa es casi imposible. En la tele describieron la temperatura como *brutally cold.* El asfalto aparece cubierto con un manto blanco que no es nieve ni hielo sino un polvo mate que provoca el frío.

Antonio me ha dicho que hoy es el día que más guapa me ha visto en mi vida. Siempre es de agradecer que por el pasillo de tu apartamento te diga un piropo la única persona con la que te vas a cruzar en todo el día. El secreto está en esta melena aleonada que he decidido dejarme en mis cincuentas, desafiando esa creencia tan española de que una mujer madura debe cortarse el pelo para estar más elegante. Recuerdo haber cenado hace años con Isabel García Lorca (sobrina del poeta), cuando acababa de volver a España tras muchos años viviendo en Nueva York. Llevaba unas trencitas escolares que le conferían un aire algo country, muy peculiar. Se las celebré y me dijo: «Creo que aquí en Madrid puede parecer algo ridículo llevar trenzas a mi edad».

Es cierto que en Nueva York nada llama la atención, que las mujeres extravagantes pueden serlo sin límite de edad.

Pero también tiene su gracia ser de un país en que aún tienes la posibilidad de ser chocante. Yo lo disfruto.

· ❄ ·

A pesar de ser éste un diario tan casero (por el frío) y tan nocturno (por un insomnio persistente que me está atacando estos meses más que nunca) no encontrará el lector en estas páginas escena alguna de sexo. Soy consciente de que si las trenzas pueden parecer inconvenientes en una mujer madura, el sexo tiende a imaginarse inexistente en una mujer en su cincuentena. De qué sirve decir que no lo es. Y detesto ese humor tan en boga, tan repetido, y casi siempre en boca de mujeres, que hace chanza de la escasez de sexo y del apetito insatisfecho a cierta edad. Es tan irritante como escuchar a quien presume de lo contrario.

Aquí, en este hábitat perfecto para sufridores, observo a las jóvenes parejas con niños, y muestran tal aspecto de derrota que dudo que por la noche les queden ganas de echar un polvo. Es una ciudad llena de tetas por todas partes, tetas de Victoria's Secret, tetas que anuncian pubs de chicas en tetas, tetas en cada marquesina. Reina en el ambiente un aire de fantasía sexual propia de una naturaleza adolescente, bruta, primaria, y, al mismo tiempo, en las miradas de la gente, ese tipo de irritación neurótica que parece destinado a impedir cualquier placer real.

Soy pudorosa. Nunca he contado mis experiencias sexuales, ni a amigos ni desde luego a un hombre al que pudieran provocarle celos retrospectivos, tampoco las he escrito, y muy escasamente he dejado que las protagonizaran algunos de mis personajes, siempre de una manera sutil. He disfrutado leyendo algunas escenas sexuales en la literatura (contadas) o en el cine (más), pero a mí el sexo me resulta difícil de contar, más aún que el sexo el deseo, y más todavía si ese deseo es una consecuencia del amor. De cualquier manera, confieso que también influye, en ese retraimiento mío, que aún sigue viéndose fuera de lugar que una mujer madura sea explícita en lo que al sexo se refiere. Un escritor puede ser sexual hasta el fin de su obra; en una mujer siempre se va a señalar como algo chocante y algo ridículo. Con lo cual, tengo que reconocer que se trata de una autocensura y no me siento orgullosa de ella: la escritura siempre ha de ser valiente, aunque a costa de eso una se muestre desnuda.

Pienso en esto porque, habiendo casi terminado un día de enclaustramiento, estamos ahora, ahora mismo, cada uno escribiendo nuestro diario en un cuarto. Es la primera vez, en mi caso, porque él lleva tantos años como hace que está conmigo registrando su vida y la mía cada noche. Al principio de nuestra relación, cuando me asaltaban a cada rato los pensamientos negros, yo leía su cuaderno a escondidas, como hacía la mujer de Tolstói, pero aquella (fea) costumbre fue desapareciendo como tantas cosas en mí en las que hoy no me reconozco.

Él escribe páginas que piensa que nadie leerá jamás (ya veremos qué pasa cuando hayamos muerto), como si eso fuera posible. Más bien creo que no piensa jamás en su posteridad. No tiene imaginación prospectiva, dice. Hace bien. Un día me confesó que en esos cuadernos llevaba un registro de su vida íntima. Y por las lecturas clandestinas que hice de los primeros, sé que es cierto. Ahora, cuando veo los diarios apilados en la estantería, ni me acerco, para mí es una suerte de material explosivo: mejor no manipularlos. Se lo digo a veces, no te mueras antes que yo, no quiero tener la responsabilidad de tu memoria. No tendría valor para destruir todo lo que ha escrito como simple desahogo, por placer, por disciplina, pero tampoco me gustaría verlo publicado.

Si me muriese, si te murieses, pensamientos mórbidos que surgen en la noche, que quisiera compartir, que me perturban y me atraen como a esas protagonistas proclives al tormento de Bashevis Singer, que en este mismo barrio, el Upper West, y habiendo dejado atrás una Europa sembrada de horror y de muertos, hacen el amor con su amante con tanta intensidad como le hablan de la fragilidad de la existencia. Si me muriese, si te murieses. Esa letanía morbosa que escuchaba Singer en los brazos de las mujeres que consolaban su culpa de exiliado superviviente y se la provocaban también.

Éste no es aquel barrio poblado de supervivientes judíos ni yo una de aquellas mujeres que vivían más entre sus muertos que entre los vivos, pero siempre me he identificado con esa tendencia irreprimible a diseccionar los pensamientos lúgubres.

(También me divierte pensar en ese otro Antonio que descubriría el lector que lo tiene por un escritor de carácter serio y contenido. Se supone que a mí me corresponde el papel desvergonzado en esta comedia. Y no. Atendiendo a lo publicado, él tiene muchas páginas confesionales. Más de un amigo me ha preguntado sobre cómo me sentía al ver mi intimidad al descubierto en *Como la sombra que se va*. Y yo contesto que ya no es mi intimidad, no me pertenece, es literatura; ya no soy yo, es un personaje. No me hago responsable de sus actos.)

LUNCH SPECIAL

· ❄ ·

Venciendo la pereza y el temor que provoca el frío, Lorenzo y yo nos vamos esta tarde a Astoria a escuchar al líder político Pablo Iglesias en un centro social de Queens. Lorenzo ha llamado a un coche de Uber, que aquí es legal, y viéndonos en unos asientos de tanto poderío, nos vamos riendo de camino al mitin, porque yo le digo a Loren que deberíamos haber viajado en metro, como el propio Iglesias, del que acaban de difundir una foto esperando un tren, y Lorenzo me dice que de eso nada, que nosotros somos casta. Menuda casta estás tú hecho, Lorenzo.

La sala es grande y desangelada y unas doscientas personas ocupan ya las butacas. Se respira simpatía y expectación ante la llegada del político de moda, aunque intuyo que la mayoría no son votantes incondicionales. Según me comenta Lorenzo, que saluda a unos y a otros, está lleno de jóvenes científicos. Cuando Iglesias irrumpe en la sala va rodeado por sus acólitos, a los que rodea a su vez una nube de fotógrafos, así que realmente más que verlo se le intuye. Hay una confusión de aplausos y público puesto en pie que va rotando en el sitio para seguir a esa masa humana compacta que avanza por la sala, de la que surge Iglesias al subir al escenario. Es estrictamente un mitin. Al hombre se le ve cansado, le falta fuelle. Está demasiado alto, demasiado lejos, demasiado solo. Arranca un aplauso cuando se refiere a los jóvenes que han tenido que prestar su talento a otros países; arrecia otro aplauso cuando afirma que los queremos de vuelta a casa para mejorar un país que los necesita. Es uno de esos discursos en los que uno tiene que echar mano de lo

Pablo Iglesias en Queens.

que ya ha sido dicho, y hay cierta desilusión cuando el líder de la organización que más posibilidades tiene, según las encuestas, de ganar las elecciones si se celebraran hoy, sale pitando, de nuevo rodeado por fotógrafos y acólitos, sin concederles a los asistentes unos minutos de charla informal. Esa cercanía que las celebridades sólo pueden permitirse cuando tienen un encuentro como éste, en el extranjero, en la periferia, y sin demasiada gente. Pero es que no se puede dar un mitin con jet lag y sometido de pronto a este frío criminal; no se debe.

Pero el viaje a Queens merece la pena: Loren y yo cenamos en un griego de Astoria. El restaurante tiene un aire popular y está animado. Nadie da el punto al pescado a la plancha como los griegos. Compartimos un *red snapper* y una garrafa de vino rosado al que me he aficionado este invierno. Brindamos, cómo no, por Varoufakis.

Pago yo, que soy más casta que Lorenzo.

Me deja en casa, como un caballero, y pone en mi mano tres pastillas de Stilnox, a ver si esto me funciona. No hay mejor amigo para una mujer que un boticario.

· ❄ ·

Hago la crónica del mitin de Pablo Iglesias para el programa de Carles Francino. Procuro ser justa, algo que no sé si se apreciará en esta España tan enfrentada de ahora mismo, en la que sólo cabe estar a favor o en contra. Pero estoy lejos y en algo ha de notárseme el sosiego de la distancia. Quisiera aportar una mirada menos colérica que la de los que viven inmersos en el griterío, aunque sé, lo sabemos todos los que andamos emigrados, que siempre se desconfía del juicio del que se ha ido.

Me gusta la presencia del micrófono encima de la mesa del estudio. Le da un toque profesional. El micrófono, el mapa de Estados Unidos, el ordenador, los cuadernos. Y yo arreglada, impecable, como si además de escucharme, los oyentes pudieran verme.

No sé lo que soy ni lo que he sido. Locutora y guionista de radio, guionista de tele, guionista de cine, escritora, columnista. A esto hay quien añade «actriz ocasional». Soy consciente, eso sí, de que no ha sido bueno para mí dispersarme en tantos oficios, porque he acabado diluyéndome. La escritora homeopática. Demasiados frentes. Creo que nadie me acaba de considerar de un gremio. Ni del cine ni de la literatura ni de la radio. A veces eso me ha atormentado, más antes que ahora, pero sé que mi carácter no me permite ser de otra manera. Tampoco quisiera ser de otra manera: la intensidad de vivir es para mí más importante que los logros profesionales. Ya lo he dicho: me falta ambición y constancia. Voy de un juego a otro, como los niños hiperactivos.

· ❄ ·

Esta mañana fui al IAC Building de Frank Gehry, ese edificio de Chelsea que parece una pompa de jabón, una exhibición tal de ingenio por parte del arquitecto que no sé muy bien cómo se tiene uno que sentir en un interior lleno de paredes combadas y transparentes. En la planta baja se celebraba el desfile de Del Pozo, en la Fashion Week. Ya fui el año pasado y, como me halaga que me inviten, la ropa es

UNITED STATES MAP
Collectors Series
New York
The Wonder City

chula y lo hicieron con insistencia, voy. Yo voy a cualquier sitio que me permita colarme en una casa, en un edificio o conocer un ambiente. Yo, por sistema, voy. Con más espíritu de cronista que de otra cosa. Voy por si luego escribo. Voy. Aunque los desfiles siempre me dejan un regusto de pérdida de tiempo. No me apasiona el espectáculo, sí la ropa, pero no suelo encontrar atractivo físico a las chicas y los trajes que se eligen para la pasarela están pensados para un show más que para la vida real. Voy con la esperanza de asistir al espectáculo de la belleza y encuentro siempre un nosequé insano del que no acabo de entender su porqué ni quién lo ha impuesto. Tal vez en un principio fuera un intento de huir de la belleza convencional pero esa huida ha desembocado en una especie de culto a lo alienígena. Hace años una podía preguntarse si existían mujeres como Naomi Campbell fuera de la pasarela, y ahora tengo el convencimiento de que es más fácil encontrarse una Campbell en la calle que en uno de estos eventos, en los que pasean muchachas de complexión de libélula, no expuestas para provocar deseo sino para pasear cual perchas flotantes una colección.

En los desfiles siempre hay un ambiente previo de tensión. El nivel de histerismo ambiental es directamente proporcional a la importancia del modista. La distribución de los asientos está tan estudiada como si se tratara de un congreso del partido comunista en época de Stalin; una equivocación al respecto puede causar una catástrofe, porque las primeras damas de las revistas del ramo pueden elevar o mandar al calabozo una colección y conviene no contrariarlas: su presencia es tan importante como la ropa que se exhibe. Lo viví en Milán, en un reportaje que escribí hace años y que provocó un revuelo entre las cronistas de moda que en absoluto yo pretendía. Es magnífico cuando, ignorando los mecanismos que rigen un universo cerrado, te lanzas a escribir verdades muy simples que, por existir un acuerdo tácito que las silencia, se convierten de pronto en escandalosas. Ojalá se enfrentara una siempre con la misma inocencia a todo lo que ve.

Le doy a la señorita de la entrada mi nombre, me busca en una lista y me dice que me toca estar de pie. «¿De pie? —le digo—, no puede ser, ¡me han invitado!» A ella le da igual, me vuelve a decir, no dispuesta a perder el tiempo con una don nadie, que no hay un sitio libre. ¿De pie, entre fotógrafos que me van a dar con su cámara en la cabeza, entre aspirantes, entre los que se han colado para ver si de ahí les surge algún contacto? Ni hablar. Anda que no tengo yo cosas que hacer y sobre las que escribir. Xavi, fotógrafo enviado por *Marie Claire New York* para cubrir el evento, siempre atento conmigo, me ve decidida camino de la puerta de salida y sale corriendo a intervenir. Llama a una encargada, me ceden un sitio, pero ya me quedo a disgusto.

¿Para qué invitan a una escritora, para tenerla de pie? ¿Para que se ponga de puntillas detrás de las expertas? Resulta todo tan superfluo que hasta es pueril cabrearse.

Salgo aliviada del edificio burbuja y vagabundeo un buen rato por el West Village hasta llegar al Spotted Pig, taberna en la que voy a encontrarme con Paloma Escudero, a la que conocí en 2003 en un viaje a Etiopía, adonde nos aventuramos para escribir un reportaje sobre el comercio justo. Paloma, ligada siempre al mundo de la cooperación internacional, maneja ahora la comunicación de Unicef a nivel mundial. Nos seguimos la pista desde aquel viaje tan inten-

El placer del frío en la cara a primera hora de la mañana, antes del desayuno, en pijama y botas de nieve.

so. Paloma es lista, considerada, rápida, trabajadora, madre de tres chicos. Alegre. No se queja. De asistir a un partido de fútbol de los niños corre al aeropuerto para viajar a Liberia, a Pakistán, a la India. Me cuenta que el pequeño, que tiene unos nueve años, anda midiéndose en el colegio con los límites de la corrección política. El otro día, yendo de excursión con la clase, vio desde el autocar el anuncio de una modelo en ropa interior de Victoria's Secret: «¡Una *stripper*!», gritó. La tutora llamó a Paloma para mostrar su inquietud: «¿Qué tipo de televisión está viendo el niño?».

Nos reímos. Porque no queda otra que tomárselo a guasa.

· ❄ ·

Hoy, los de la galería Mad is Mad inauguraban en Madrid una pequeña exposición con mis fotos de Memphis-Lisboa. ¿Qué siento? Inquietud, porque aunque son imágenes narrativas y nada pretenciosas que cuentan el viaje real y emocional de escritura de una novela (*Como la sombra que se va*), no tienen calidad técnica para ser expuestas. Este año hago mejores fotos, creo. La gente me pregunta que cómo consigo retratar a los personajes tan cerca sin que se den cuenta. No lo sabría explicar muy bien. Hay algo de amor al peligro a ser descubierta, hay caradura y hay pasión por el hallazgo. Ahora abundan las páginas en las redes sobre personas de la calle que el fotógrafo convierte en personajes. Una de las más seguidas es Humans of New York. Retratos de neoyorquinos con un pie de foto en el que ellos mismos resumen su peripecia vital y sus anhelos. El asunto es que este fotógrafo hace posar a los personajes y esa consciencia de estar frente a una cámara les hace perder parte de su personalidad para cedérsela al que retrata.

A mí me gusta capturar un instante de actividad diaria en la vida de cualquiera, o de ensimismamiento, o de conversación. Una chica que se pinta en el metro, una mujer que lee una carta, una anciana que habla sola. Todos ellos interpretándose con naturalidad a sí mismos, ignorantes de la mirada ajena que los observa, los ama, los admira en ese momento, y aprieta el clic con la mera intención de narrar en imágenes aquello que con palabras se diluiría. Un diario paralelo a este otro diario que cuenta lo que la escritora ve mientras vagabundea. La escritora, ya una señora, que se sienta en el metro, la mujer bien vestida, que huele a perfume, que sonríe, que observa a su alrededor, fija la mirada distraídamente en un personaje, saca el celular y mira la pantalla con ojos de miope, muy concentrada, con el gesto de quien no ve bien un mensaje que le acaba de mandar su hijo. La señora, que en absoluto tiene aspecto de ir robando un raro momento de intimidad o introspección callejera del hombre o la mujer que tiene sentados en el asiento de enfrente, toma la foto, guarda luego el móvil, se pinta los labios y sonríe con la misma dulzura inocente de las ancianitas de *Arsénico por compasión*.

· ❄ ·

Entra Antonio en casa, con el gorro de orejeras Ignatius J. Reilly y la barba a punto de escarcha y me dice que ha estado con su amigo meteorólogo que trabaja en la NASA. En la NASA, sí, que está a la vuelta de la esquina;

una delegación, parece. Me cuenta que su amigo le ha dicho que ayer fue el día de más frío en Nueva York desde que hay registro de temperatura. Y que anoche en Nueva York padecimos la temperatura más baja del planeta. Tal vez, termina, deberíamos procurar no estar siempre en la primera línea de los acontecimientos históricos.

Muy de acuerdo.

Aquí estamos, haciendo historia. Y sin poder pasear. Mi hermano César y Puchi, su mujer, llegaron de Chile ayer, sí, en el día más frío de la historia, y en el absurdo de mi tendencia a sentirme responsable, sufro por el tiempo que les ha tocado en suerte. Yo les había prometido que, a pesar del frío, esta ciudad jamás se paraliza. Mi teoría se tambalea. En estos días de temperaturas extremas salen a la calle los que no tienen más remedio. Y pasear no se le ocurre a nadie. A mí, a mí, el primer año. Y me salieron sabañones de posguerra en las manos.

Mi hermano, otro de los talentos que han tenido que emigrar. No se queja, porque es sufrido, pero es duro, duro emigrar a partir de los cincuenta, aunque de esa edad los periódicos se hagan menos eco. No tenemos padres ni madres ya que publiciten la indignación por los que han tenido que irse de España a partir de los cincuenta.

Esta tarde, mi hermano me llama para que vaya a la ventana de su cuarto: en la acera de enfrente hay una mujer con la pierna rota paseando a su perro. La señora apoya la extremidad escayolada en un carrito con ruedas y camina muy lentamente sobre el manto de nieve aún sin retirar. El perro, solidario con la torpeza de su ama, le sigue el paso sin forzar la marcha. Nos preguntamos si no tendrá a nadie que le saque a pasear al perro. Antes de esbozar una teoría sobre la soledad o la falta de auxilios sociales en la sociedad americana, me detengo: la mujer va impecablemente equipada y paseadores de perros hay decenas por este barrio; más bien atribuyo esta escena al incombustible deseo de ser tozudamente ellos mismos, de afirmar en cada pequeño acto su enconado individualismo.

· ❄ ·

23 de febrero. Y vienen los recuerdos fechados, claro. Estaba yo viajando en el 20, a la altura de Cibeles, de camino a casa, cuando un pasajero con el semblante pálido se subió al autobús y dijo, para quien lo quisiera oír: «Han entrado en el Congreso». Se sentó y, adoptando el tono de voz bajo de quien teme que de nuevo se imponga el silencio, dijo que había sido un general.

Mi padre por entonces ya se había vuelto a casar y esa noche, en vez de dormir en el piso que compartía con su mujer en Cuatro Caminos, tuvo un arranque a la altura de las circunstancias y decidió quedarse conmigo en la casa de Moratalaz. Siempre lo contaba como una hazaña: ese héroe de la paternidad que, sin pensárselo dos veces y en un momento crítico de la historia de la Transición, deja a su esposa y asiste a la más vulnerable, su hija pequeña. Mi padre vendía con tal vehemencia el mérito de los actos comunes que al cabo de los años parecía que lo más relevante de aquel 23 de febrero fue que se quedara a hacerme compañía. Era su manera, imagino, de hacerle trampa al recuerdo y así borrar un hecho que yo jamás le reproché e incluso alenté: casarse al año de morir mi madre y dejarme sola.

Hemos estado en el Village cenando, en el Waverly Inn, un restaurante encantador que en su día (su día fueron los años veinte) fue un hotelito acogedor, entre rústico y elegante. Pero llegar allí con mi hermano y Puchi ha sido una odisea. El viento nos hacía daño y nos doblaba, debíamos medir cada paso para no pisar el hielo; entre que íbamos mirando al suelo, la oscuridad que invade las pequeñas calles del Village y que es el barrio donde Manhattan pierde su estructura de cuadrícula, hemos dado unas cuantas vueltas, aunque ellos no se han dado cuenta de mi torpeza, sí de lo imposible que estaba la noche para pasear. Dicen que si te sabes orientar en el Village y entiendes los *specials* que recitan los camareros ya te puedes llamar a ti misma neoyorquina. Me iré sin haber obtenido esa distinción.

—No vuelvo a pasar otro invierno aquí.

Lo he dicho cuando llevábamos ya dos copas de vino napolitano. Lo he dicho con aplomo, como para no volverme atrás, como si tuviera la mano sobre la Biblia, delante de testigos a los que confirmar que no consentiré dejarme engatusar otro invierno. Lo he dicho mirando a mi hermano, pero el mensaje iba dirigido a ese marido que ha llegado desde NYU aterido y melancólico porque de pronto siente que su etapa de profesor llega a su fin. Y él, a su vez, ha respondido también mirando a mi hermano, que ha servido, como si se tratara de una escena de comedia, de frontón. Mi hermano, mirándonos al uno y al otro, sin saber en qué tipo de discusión se ha visto involucrado. Y sin saber qué decir, sólo asintiendo, como suele ocurrir cuando un matrimonio decide incluir a un inocente en una discusión privada. El vino favorece las confesiones y también el cabreo que subyace por no poder entrar en calor del todo ya que, como no somos clientes vip, nos han puesto al lado de una ventana por la que se cuela un filillo insoportable de frío.

Antonio le dice a su cuñado que a él le apena mucho dejar un lugar que ha sido tan importante en nuestras vidas, y que eso hay que entenderlo. El cuñado hace un gesto de comprensión, pero antes de que abra la boca, yo le digo, a mi hermano, que la pena se le pasa a uno en cuanto tiene que vivir una mierda de invierno como éste, y que eso lo entiende cualquiera. Mi hermano opta por una mueca congelada: no va a ponerse de parte de nadie.

Cuando salimos del metro y caminamos por West End como cuatro personajes doblados por el frío en una pintura de la Rusia soviética, he vuelto a la carga.

—Esto ya lo he vivido. Once años. ¿Qué se me ha perdido aquí una noche como ésta?

Al apagar la luz, un pensamiento incómodo me invade: nadie está libre, por más que la discreción sea uno de los mandamientos que rigen tu vida, de montar una pequeña escena delante de unos terceros que vienen de visita sólo por cuatro días. Para librarme de esa sensación de vulgaridad me arrimo a él y le abrazo por la espalda. Y entonces todo se pasa.

CELEBRATI
100 YEA
1908 • BARNEY GREENGRASS • 2008

Marzo

La otra mañana, haciendo limpieza de revistas, me encontré con una vieja portada del *New Yorker* que había mirado muchas veces pero de la que no entendía el sentido: un león entra por la puerta de un taxi y un cordero sale por la otra. Me ha explicado su significado mi amiga Carmen Arbolí, que tantos años lleva aquí casada con un americano. El dibujo ilustra un viejo proverbio del *weather lore*, de la tradición de dichos relacionados con el tiempo: *March comes in like a lion and goes out like a lamb*. Marzo entra como un león y sale como un cordero. Espero que sea cierto y el león se nos convierta en corderillo. De momento, esta noche hemos subido a un grado, un grado sobre cero, y eso me hace sentir algo así como el presagio emocionante de la primavera.

· ❄ ·

Sólo hemos conseguido que nos reconozcan y nos saluden en dos establecimientos de Manhattan. Uno de ellos, la tienda de vinos de la esquina, donde adoran a Antonio y le llaman *profesor*, porque se da la circunstancia de que uno de los representantes de vinos que pululan por allí es de Jaén, de Villacarrillo, concretamente, y ha difundido entre bodegueros y clientes que ese hombre sencillo que deja la bici en la puerta es, además de paisano, un escritor ilustre, casi un premio Nobel. Cada dos por tres el tal Felipe prepara catas de vino español en dicha bodega y como Antonio baje a por vino y tarde algo más de lo habitual ya puedo imaginar que el de Villacarrillo lo ha abducido y volverá a casa algo achispado.

El otro lugar donde se nos quiere bien y se nos recuerda es el Barney Greengrass. Modestamente, allí soy alguien. El camarero rudo que atiende con aspereza tiene para mí un guiño de reconocimiento, una media sonrisa, una mano sobre el hombro. Y el camarero indio que va de mesa en mesa reponiendo el café me recuerda siempre, con ojos pícaros, a aquel joven camarero que se enamoriscó de mí y me invitó más de una vez a unos *blintzes* de postre, esa delicia de crepe rellena de queso crema y acompañada con crema agria: «*I put my heart into it*». Había como cierto revoloteo entonces, cuando, a menudo sola, entraba al salón de Barneys; el encargado le hacía una seña al camarerillo, más actor que camarero, para que fuera él quien me atendiera, y luego venían el pastelillo relleno de queso, y un día una invitación a ver una obra en el *offoffoffoff* Broadway a la que nunca fui. El muchacho se fue a Los Ángeles y el camarero indio, empeñado en recordarme un amor que nunca existió, me llama bella y me dice que siempre estoy igual de joven. Todos tenemos diez años más.

Hoy me he citado aquí con Sion Fullana, un fotógrafo mallorquín casado con un americano y afincado en Brooklyn. Me gustaría que me enseñara algunas nociones de fotografía. Él es un buen retratista de calle y tiene mil trucos para captar escenas extraordinarias. Siempre temo no ir al fondo de un oficio o de mis aficiones, sobrevolar por todos ellos por pereza o miedo al verdadero compromiso o a no valer verdaderamente para nada. Mi padre, genio del cálculo, quiso sacar a pasear el artista que llevaba dentro y se aficionó a la fotografía, y luego a la pintura, a la numismática, a la filatelia, a las piedras, a la pesca, a los fósiles, a las estrellas, a los fenómenos paranormales, a la medicina, a los ovnis, a la poesía, y al final todo aquello acabó devorado por el vino, el whisky, el tabaco y la incontenible sociabilidad, aficiones inquebrantables de su existencia. Pero, sin duda, su mejor creación fue él mismo. Él, artista y arte a un tiempo. Su impaciencia le impedía centrarse en algo concreto. Y me temo que yo soy así. Claro que tampoco me importa no llegar a nada. Ya tengo bastante.

Cuando hemos salido del Barneys me ha dado un golpe de frío que me ha colocado al borde del vómito, o tal vez han sido los cinco cafés que me ha servido el camarero indio y que yo me he bebido por agradar. Por agradar o por no molestar voy escuchando a Sion, que habla, ignorante de mi estado, de esa vida mallorquina que dejó atrás. Habla como todos hablamos de lo que tenemos lejos o de lo que hemos perdido, para definirnos, para presentarnos. Yo lo escucho como desde una burbuja. La burbuja de la fiebre que me está subiendo.

· ❄ ·

Dos días después sigo malilla. No mucho, esas décimas que te tumban. Y, como cuando era pequeña, no quiero más que pasarme el día haraganeando, en pijama, y que Antonio me ponga de vez en cuando la mano en la frente, aunque la inactividad me crea una culpa imprecisa. Lolita se contagia de mi estado de ánimo y se tumba, inactiva y melancólica, a mi lado. Qué buenos enfermeros son los perros.

La noche se nos echa encima. A partir de las cinco y media se cuela por la rendija de la puerta el olor especiado de los *deliveries* del indio, del chino o del japonés que los repartidores van entregando en los apartamentos sin quitarse el casco ni el chaleco reflectante de la bici cuando suben en el ascensor. Nadie va a cuestionar ni un momento la temeridad que supone recorrer el barrio mal iluminado y con el asfalto encharcado por la nieve, y es esa falta de sensibilidad hacia el trabajador lo que permite que funcione el sistema. Los inmigrantes, que vienen de países mucho más duros, no dudan en poner su vida en juego por labrarse un futuro que tal vez disfruten sus hijos o sus nietos, y es ese trabajo ajeno a cualquier derecho laboral lo que le permite a la clase media, también asfixiada por los gastos de una ciudad para ricos, gozar de cierta confortabilidad. La cena en la misma puerta de casa una noche de hielo por un ecuatoriano o un coreano que hacen entrega de la bolsa con timidez y susto porque aún no entienden una palabra de inglés y temen que se les haga una pregunta que no sabrán responder.

Me acompaña a ratos, entre sueño y sueño, una investigación apasionante, *The Zhivago Affaire*, sobre el tortuoso proceso que hubo de seguir Pasternak para que *Doctor Zhivago* fuera publicada y el calvario a que fueron sometidos él, su familia y su amante una vez que la novela comenzó a circular, primero en Italia y luego medio clandestinamente en la Unión Soviética. Sorprende, además del descrédito al que fue sometido, la fe jamás doblegada que el poeta mantuvo en su novela, la alta estima en que tenía las páginas que había escrito hasta el punto de entender que merecía la pena perder la vida y el sosiego con tal de que el libro llegara a las manos del pueblo ruso. En otras noches sin dormir de hace dos inviernos leí la novela de Pasternak, en la que se aprecia, como así señala la traductora Marta Rebón, que se trata de la prosa escrita por un poeta. Y ahora, leyendo este ensayo que bien

Miradas que matan.

podría convertirse en una película de espías, evoco a la heroína de la novela, Lara, la amante de Zhivago, cuyo rastro se pierde en algún campo de trabajo de la Unión Soviética, y la confronto con la mujer real que inspiró el personaje, Olga Ivinskaya, amante de Pasternak. Y eso me lleva a pensar que Pasternak no vivió para presenciar que el sufrimiento y la calumnia persiguieron hasta la muerte a Olga y a su hija, no sólo inducidos por las autoridades soviéticas, que la condenaron por haber propiciado la publicación del manuscrito, sino por los propios amigos de Pasternak, que la acusaron de actuar en beneficio propio, de sacar provecho económico, de manejar en la sombra, de todas esas maniobras maléficas que se atribuyen al alma femenina. Incluso de delación. ¡Delación! A una mujer que acabó en el gulag por asistir a Pasternak en su empeño de ver publicada una novela se la considera delatora por haber escrito una carta al gobierno tratando de eximirse de culpa alguna.

Recuerda, ese ensañamiento con Ivinskaya que no han moderado los años, al que sigue soportando la figura de Olga Knipper, la actriz que acabó sacando a Chéjov de su empecinada soltería, y sobre la que, según cuenta Janet Malcolm en *Leyendo a Chéjov*, hasta la guía que muestra el último hogar del escritor en Yalta tiene a bien añadir maldades durante la visita. No acompañó al escritor en sus últimos años; prefería disfrutar de la gloria de ser su esposa trabajando en los teatros de Moscú.

Las mujeres, sobre todo las mujeres jóvenes, como mala influencia de los hombres, sobre todo de los hombres viejos, de los sabios. El sabio inocente, la joven bella y desaprensiva. Imagino que los hijos de los escritores, despechados por haber visto a su madre abandonada, han contribuido a reforzar esta retorcida leyenda popular. Recuerdo ahora un comentario que llegó a mis oídos de Carmen Martín Gaite sobre Antonio en nuestros primeros años de noviazgo: «Ahora está desaparecido, se ve que ella lo acapara mucho». Ella. Yo.

Leo una poesía de Pasternak:

Y allá, en un resplandor de lejanías,
hay quien no puede conciliar el sueño
en la antigua buhardilla
recubierta de tejas.
Él contempla el planeta
como si el firmamento
fuese el único objeto
del afán de sus noches.
No te adormezcas, no duermas, trabaja,
no hagas un alto en tu tarea,
no duermas, lucha contra el sueño,
lo mismo que el piloto, o que la estrella.
No duermas, artista, no duermas,
no te entregues al sueño.
Que de lo eterno tú eres el rehén
en la prisión del tiempo.

«No duermas, artista, no duermas, / no te entregues al sueño.» Me tomo un Stilnox.

· ❄ ·

Los sábados y domingos, a la hora del brunch (que no es una comida «fina» como algunos creen sino todo lo contrario, una simplificación del menú al máximo), las señoras tanto del East como del West de Manhattan se entonan con un Bloody Mary o con una Mimosa. Yo me decanto por el Bloody Mary porque el *champagne* me produce acidez y detesto el rastro que deja en el aliento, que si bien no puedo apreciar en mí, sí lo he sufrido en algunos cócteles cuando, justo aquellos individuos que deberían estar más inseguros de su aliento, se te acercan y te acorralan para que puedas olerlo mejor.

El vodka, en cambio, se camufla en el tomate de una manera tan prodigiosa que el peligro que encierra es que te bebas varios, confiando en la bondad del apio y en la vitamina B del tomate, y luego te veas haciendo un monólogo ante el espejo del baño del restaurante. Ya lo escribió Dorothy Parker sobre el Martini en una de sus citas alcohólicas más célebres:

I love a martini
But two at the most
Three, I'm under the table
Four, I'm under the host.

En mi ya experta opinión, aquí preparan el Bloody Mary demasiado especiado, ofreciendo casi siempre un brebaje denso y áspero; el picante enmascara el delicioso punto del vodka (que seguramente será baratuno) y el frescor del tomate. Cuando vivíamos en la sierra madrileña, hacc como quince años, y estábamos más gordos aunque en absoluto éra-

En cada esquina se representa una escena de película.
Este tipo alterado podría ser Jack Lemmon en Salvad al tigre.

mos más felices que ahora, yo preparaba una jarra de Bloody Mary los domingos, una jarra grande, que consumíamos entera, a veces mano a mano y otras capitaneados por mi padre, el santo bebedor, que luego tenía la precaución de chupar un caramelito de menta por si le paraba la Guardia Civil en su regreso a Madrid.

Este domingo vamos a comer al East Side, a un pequeño local italiano, el Bar Roma, que está a la vuelta del primer apartamento que tuvimos, en 2004. Comemos solos, la previsión del tiempo que ha anunciado una gran nevada ha retenido a la gente en casa. Tras los cristales cae la nieve, sin tregua, aparentemente inocua, pero implacable. La nieve nunca atemoriza cuando estás a cubierto, al contrario, su presencia silenciosa multiplica un infantil sentimiento de cobijo. Sólo cuando sales a la intemperie y tratas de dar dos pasos ves qué fácil es sentirse derrotado.

De la mano, apoyándonos el uno en el otro, sin prisa, pero excitados por la dificultad de avanzar, bajamos por nuestra vieja Tercera Avenida, como si pudiéramos volver a aquel invierno de 2004, a la noche en que cayó la primera gran nevada de enero y bajamos a la calle desde nuestro apartamento del piso 24. Nos quedamos un buen rato contemplando el manto blanco intacto aún que cubría como una sábana sin arrugas la tremenda amplitud de la avenida, hechizados por la luz que proyectaba la blancura en los rostros, sobrecogidos por el silencio, como si estuviéramos asistiendo a un oficio religioso.

Luego vinieron muchas nevadas y el lógico desencantamiento que siguió a todas ellas. La nieve enaltece una fe que se desmorona en cuanto toca lidiar con las prosaicas consecuencias.

Caminamos hacia Eli Zabar, el supermercado de la calle 80, al que tantas veces fui a comprar el mejor consuelo para el constipado en el invierno, la Matzo Ball Soup. Hay que proveerse de felicidad para la noche de un domingo que está a punto de empezar, a las cuatro y media de la tarde; hay que neutralizar la melancolía infantil de la víspera del lunes con una buena sopa judía, un queso Idiazábal, *carrot cake*, un pan cercano al francés, pastel de cangrejo y tomates mexicanos. Compro unas flores en la entrada para simular una incipiente primavera, y salimos cargados a la avenida por la que avanza con dificultad muy poca gente, con aspecto de caminar hacia casa en esta noche anticipada que invita al recogimiento.

Al taxi le patinan peligrosamente las ruedas cruzando el túnel de Central Park. Si se contabilizan todas las posibilidades reales, no fantasiosas, que te ofrece el invierno de tener un percance, dan ganas, según se cruza el umbral de casa, de dar las gracias. Es milagroso que el taxi no derrape en este asfalto, lo es que no te rompas la crisma en las escaleras heladas del metro, que no te hundas en cualquier esquina en la que el agua escarchada se convierte en una trampa; no es extraño que un golpe de viento arranque una señal de tráfico o que el día en que la nieve comienza a deshacerse caiga un bloque a tu paso. Esos días de deshielo los siento caer desde mi mesa de trabajo como si alguien se hubiera tirado desde una ventana. Me asusto. Lolita se asusta. Ella ladra. Yo también ladraría si supiera.

Pero no hay mayor felicidad que la de estar de vuelta, en el salón de casa, con una copa de vino, mirando desde nuestros dos ventanales del salón las luces de los imponentes edificios de enfrente. Hay una ventana diminuta siempre iluminada en rojo, otras en amarillo, otras azuladas. Su caprichosa disposición dibuja en la oscuridad lo más parecido a un cuadro de Paul Klee que pueda ofrecer la realidad. Siempre miro estos dos ventanales como si fueran dos cuadros de naturaleza expresionista sobre los que de vez en cuando camina un personaje.

Hoy hemos descubierto, ha dicho Antonio, que ya tenemos un pasado en esta ciudad. Eso ocurre cuando se tienen recuerdos de un barrio anterior al del presente. El barrio de nuestros primeros recuerdos en Madrid fue La Latina, y aunque nos hayamos mudado tanto de casa, es allí, en torno a la calle Toledo, donde hemos fijado las imágenes de lo que éramos y soñábamos ser. El barrio de los primeros inviernos en Nueva York fue ese Upper East de la Tercera Avenida, más feo, más desangelado, menos peculiar que nuestras calles de ahora, pero ennoblecido ahora por haber vivido allí algunos malos ratos que Antonio no recuerda.

Allí se hizo viejo Chipi, que por dos años fue neoyorquino, allí escribí *Una palabra tuya*, allí me hice adicta a los entretenimientos de la red, chateé insensatamente con lectores que no conocía y tuve alguna desagradable experiencia, allí aprendí que la amistad no se crea virtualmente, allí me hice resistente a la soledad.

· ❄ ·

Viene Lorenzo a cenar, nervioso como siempre, dejando atrás a sus ratas recién operadas en el laboratorio de NYU, entusiasta con sus experimentos, elocuente cuan-

Lorenzo, en su diminuto despacho de NYU, con el Empire State de fondo.

do nos cuenta hallazgos que aún no son de dominio público y sobre los que debe mantener un cierto secreto. Lorenzo y sus investigaciones sobre el miedo, el miedo que incapacita y que tal vez tenga cuidados paliativos en un futuro. Parece mentira que su hiperactividad le permita concentrarse en cirugías de tanto compromiso. El año pasado fui a verle al laboratorio. Estábamos en su despacho, pequeño y funcional, del que sólo cabía celebrar una ventana desde la que se veía al fondo el Empire State. Sacó, sin yo habérselo pedido, una rata blanca de la jaula para mostrarme la intervención cerebral que les hace para estudiar sus reacciones, cuando la rata, nerviosa, dijo luego él, por la presencia de una desconocida presa del miedo, se le escapó de las manos y empezó a corretear entre nuestros pies. Sé que grité, que comencé a sudar, que me llevé las manos al cuello como para protegerme pero, a pesar de que me sentí a punto del desvanecimiento, presencié cómo muy hábilmente la cazó agarrándola por el rabo. Tuvimos suerte, dijo luego, de que no se le separara el rabo del cuerpo porque las ratas no tienen bien resuelta la unión de la cola al tronco. A él este recuerdo le provoca risa y a mí algo parecido al estrés postraumático al que él dedica sus desvelos.

He preparado un atún encebollado con arroz y, según su costumbre, Lorenzo parece no tener hambre porque habla y habla. Habla, por ejemplo, de que le han querido captar para una secta en un bar cerca de su casa y eso le ha puesto muy mal cuerpo. No repara en la comida que le espera en el plato y que nosotros hemos terminado ya, pero de pronto se lanza sobre el atún; en dos bocados acaba con todo y quiere más.

Me producen admiración e inquietud los amigos que he ido haciendo en esta década neoyorquina. Xavi, Lorenzo, Pablo... La mayoría han tenido que enfrentar en soledad los contratiempos de esta ciudad desafiante. Nosotros les hemos servido en algunas ocasiones de consuelo y de referencia casi familiar. Eso espero.

Le preparo un tupper con lo que ha sobrado de cena para que al menos tenga una buena comida mañana en el laboratorio. Antonio ve marcharse con pena su querido guiso de atún dentro de la mochila de nuestro amigo. «Todo sea por la ciencia», dice.

En la puerta, se despide y vuelve de nuevo para besarnos y decirnos que nos quiere mucho. Hace planes atolondradamente para este fin de semana en los dos últimos minutos, parece que no va a poder sobrevivir sin nuestra compañía, pero nosotros presentimos que no lo volveremos a ver en un tiempo. Esto es así. A ese modo suyo de desaparecer como si lo abdujera una misteriosa dimensión le llamamos *hacer un Lorenzo*.

· ❄ ·

Nick Drake fue poeta y músico, autor de canciones, que es un arte mucho más específico. En España se tiende a la verbosidad en las letras, como si hubiera que abarrotar de palabras una frase musical. Si las canciones del Great American Songbook son proclives a tantas versiones en tantos géneros es porque los versos están creados para ser cantados, no tienen una intención de imponer su ingenio a la melodía.

Escucho a Nick Drake mientras paseo por mi parque a orillas del Hudson. Pienso en su vida corta, truncada por el suicidio a los veintiséis años, y escucho sus canciones que no son dramáticas sino de una melancolía sosegada, en absoluto estridente. No parece la música de alguien que anuncia su muerte, se diría que son canciones tan hondas que nacieron ya desde ese otro mundo al que se marchó el cantante en el año 74. Escucho a Nick y a su madre, a Molly, de la que se conservan grabaciones caseras de los años cincuenta, y como soy obsesiva cuando algo me gusta, veo el documental que cuenta la fugaz vida de uno de los más inspirados creadores del folk-pop, y siento una pena presente, como si no hubieran pasado ya veinte años desde que se quedó dormido por sobredosis de narcóticos.

Esta música me provoca emociones que me hieren tanto como me elevan. Busco las letras, las leo, las relamo. Nick Drake vivió poco y poco disfrutó, no le dio tregua su mente atormentada. Es ahora cuando amantes de su música, que formamos una discreta congregación, acuden o acudiremos a la que fuera su casa familiar en el campo inglés para rendirle el homenaje silencioso que se dedica a los poetas y que tan poco se parece al que se rinde a las estrellas del rock.

> *When the day is done*
> *down to earth then sinks the sun*
> *along with everything that was lost and won*
> *when the day is done.*

Sufría un insomnio persistente, un síntoma asociado con frecuencia a otras enfermedades mentales, o que acaba pro-

Cuando las flores iluminan la noche en Duke Ellington Boulevard.

vocándolas. Prefiero no echar cuentas de las pocas horas que estoy durmiendo, para no alarmarme.

· ❄ ·

Qué poco discutimos para tanto como nos vemos a lo largo del día. Es milagroso. Más aún con este invierno de mierda en el que nos encontramos abocados al confinamiento. Él se marcha a la universidad o trabaja por las mañanas en la biblioteca pública, pero el resto del día nos separa una pared; nos sentimos escribir cerca, en el cuarto de al lado, nos preguntamos dudas levantando la voz, nos mandamos alguna broma por escrito, o algún artículo, nos encontramos en la cocina para tomar un poco de fruta. En el tiempo amorfo del trabajo por cuenta propia las manías y las costumbres ordenan el tiempo. Estar juntos nos ayuda a respetar ciertos horarios, a no acabar siendo unos raros que comen cualquier cosa cuando lo demanda el estómago, como tanta gente hace aquí; seguimos un orden por salud mental, aunque, según nuestros hijos, que nos observan con ese punto de ironía que se dedica a los padres, anticipando cómo los han de tratar en la ancianidad, guardamos una agenda maniática, como si fuéramos un par de viejos prematuros.

Y puede que así lo parezca si hago recuento de un día cualquiera: se levanta una pronto, prepara un desayuno apetitoso, se arregla una como si el estudio fuera una oficina, nunca la propia casa, porque eso abocaría al abandono, a media mañana se toma fruta, se piensa en el almuerzo, en los pros del pescado, en los contras de un guiso, se come antes de las dos (nunca más la tardía comida española que dilata la digestión hasta el anochecer), se merienda siempre, ligero, pero se merienda, se cena pronto, como hacen los abuelos, a las ocho y media o a las nueve, a más tardar. Y así en Nueva York, en Madrid, en Ámsterdam o en Lisboa, allá donde vamos llevamos con nosotros un horario que organiza unas mentes, las nuestras, que sabemos propensas a la dispersión. Y Lolita, fiel entusiasta de nuestras manías, es la primera en exigir que se respete la agenda. Cuando toca, mueve la cola y va y vuelve de la cocina.

No sé si esta observancia de nuestras costumbres es producto del tiempo pasado en América o si hubiéramos acabado así en cualquier lugar, para salvarnos del caos en el que pueden sumirse dos personas con un oficio que carece de jefes y horarios.

El caso es que cuando ahora, de vuelta en casa, me encuentro con la célebre flexibilidad española que alarga todos los encuentros sociales hasta la exasperación, no sé si ya sé disimular mi impaciencia. Imposible calcular, cuando te pones en manos de unos anfitriones, cuándo comenzará un encuentro ni a qué hora acabará. Y el tratar de controlarlo mínimamente puede juzgarse como síntoma de rigidez o mala educación. Por más que te hagas el propósito de imponer ciertas condiciones, el miedo a contrariar a un organizador o a que se pueda pensar que eres una estúpida te dejará inerme en sus manos y tratarás de ser aún más agradable y dócil que la escritora que estuvo antes que tú, y que se sometió, como así te lo hacen saber, a la agenda sin rechistar.

· ❄ ·

Discutimos poco y parte del mérito tal vez no sea nuestro sino de este espacio acogedor, sólido, ni grande ni mezquino. Este piso con pasillo, singular característica de los llamados *pre-war*, que los amigos americanos ven decorado a la europea y los españoles a la americana. Dice Antonio que parte de la responsabilidad de que él no quiera dejar la ciudad es mía, por haber creado un ambiente del que no desea salir.

Pero yo me desapego de los sitios con facilidad, no así de las personas. Y no lo señalo como un mérito sino como otra manía, adquirida ésta de una infancia ambulante. Por mucha pena que me diera dejar el Upper West Side, el mero hecho de poner toda mi energía en construir un nuevo hogar en Lisboa me rejuvenecería cinco años.

· ❄ ·

Como resulta imposible andar por la calle me voy al gimnasio: corro veinte minutos, ando rápido el resto de la hora, dudo unos segundos si hacer algunas pesas pero abandono, no quiero correr el peligro de convertirme en deportista de élite.

Más fatigoso que el ejercicio es el camino de vuelta, acaba de nevar y aún no ha pasado el camión quitanieves. La humedad proporciona al ambiente una de esas luces fluviales que matizan los contornos en color plata; tiene su encanto eso de ir caminando muy despacio, junto a otros peatones andando también como si pisaran una superficie lunar, y ver los coches avanzar con la misma torpeza que los viandantes, todo a cámara lenta, la misma vida demorándose hasta que

A pesar de todo, ama Nueva York.

nos invada de nuevo el frenesí. Voy escuchando una canción de Dizzy Gillespie, *Con alma*, que Antonio llevaba en una cinta de casete hace veinticinco años, la noche en que nos conocimos, y que me regaló por la mañana como una prueba de que aquello había ocurrido. Yo la escuchaba después de aquel encuentro para recordarlo, dándole una vez y otra al botón del *rewind*, mientras cruzaba Madrid en unos paseos ensimismados e insensatamente largos que trataban de acortar el tiempo entre el presente y un futuro incierto.

Veinticinco años después, casi tan ensimismada en el recuerdo como entonces, salgo del pasado y vuelvo al ahora mismo porque una imagen llama mi atención al cruzar West End, y como llevo siempre dos teléfonos, el español y el americano, hago un gesto brusco para sacar el iPhone con el que tomo las fotos y arranco entonces los auriculares del celular en el que escucho música. Me digo, una vez más, que tengo que dejar de escuchar música y sacar fotos al mismo tiempo, que me voy a matar, que por esta ciudad no se puede caminar tan absorto.

Llego a casa y me doy cuenta de que, con el desenfunde de los dos teléfonos, el celular americano se me ha caído del bolsillo. Como soy una absurda optimista vuelvo a recorrer todo el camino andado mirando al suelo. ¡Y lo encuentro! ¡En mitad de la calle! Es un punto negro en la blancura aún intacta de la nieve. Un camionero que está estacionado en esa acera, un camionero con pinta de camionero americano, un tipo con la melena de Jeff Bridges en *El gran Lebowski*, me dice: «Se lo estaba cuidando, señorita».

Epifanía americana: la nieve, la calle solitaria, el camionero con la melena de Jeff Bridges, la música de Dizzy Gillespie... *The happy end.*

· ❄ ·

Vinieron a comer Lorenzo y Xavi y preparé una de mis recetas estrella: pasta corta con salchichas y brócoli. También hice un guiso de setas y langostinos y, tengo que reconocer, como decía un amigo mío muy vanidoso, que me quedaron de puta madre.

Me he aficionado a preparar setas porque los domingos viene al mercadillo de Columbia el chico de las setas. El chico de las setas trae distintas variedades. Huelen y saben a bosque. Son extraordinarias. Mi campo culinario se va ampliando. Es irónico que me haya aficionado a cocinar en Nueva York. La afición comenzó en el primer invierno y empecé con el plato más difícil del mundo: la paella. O, por respeto a los puristas valencianos, el arroz con cosas. Pero la cocina tiene un componente de atrevimiento. La ventaja es que cuento con un comensal sumamente agradecido, que cuando come no para de celebrar el guiso. Igual que hacía mi suegro Paco con la comida de su señora. Aún más, cuando vienen visitas y no hacen ningún comentario sobre la comida, el comensal con el que comparto mi vida se pone nervioso y obliga a los invitados a reparar en ella. Le da rabia que la gente entre en las casas y no se fije, que no se detenga en ningún objeto, en ningún cuadro, o que no valore el esfuerzo de haber preparado un plato. Pero creo que eso es algo que yo le he contagiado con los años, por considerar siempre

El joven de las setas. Su puesto huele a bosque.

que lo que define a una persona, más que ningún otro adorno, es su casa. Si no te fijas en cómo es la casa a la que has sido invitado es que no te interesa conocer realmente la naturaleza de su anfitriona.

Lo que me salva de mi mala memoria es la atención que suelo prestar a las personas, a cómo dicen lo que dicen. No sé hacer una secuencia temporal de mi vida pero sí reproducir una conversación. Miro como miraba mi padre, con una intensidad que a menudo alerta, porque casi nadie está acostumbrado a que se le haga tanto caso. Dice Antonio que a algunas personas mi atención excesiva las envanece. Así que me la reprimo, porque tiene razón.

No sé a qué se debe que mi memoria sea tan caprichosa. Tal vez la explicación más racional podría ser que siempre he sido curiosa en la calle y perezosa en las aulas. Menos mal que vivo con Google Man o Map, según.

· ❄ ·

Voy al mercadillo de granjeros mientras Antonio prepara un potaje con unas judías italianas gloriosas que compramos en el Chelsea Market. Si tuviera que seguir la ruta de mis ingredientes favoritos en Manhattan podría escribir una guía. En los granjeros compro yogur, leche, manzanas que nos recuerdan a las de Ademuz y setas al chico de las setas. Todo esto se nos ha hecho imprescindible. Es posible que seamos la pareja que más cocina casera prepara en todo el Upper West, o tal vez en Nueva York.

A la vuelta, en la puerta del Duane Reade veo a un hombre negro en una silla de ruedas con una pierna amputada.

No sabría decir su edad porque es posible que la enfermedad, ¿una diabetes?, le haga parecer mucho más viejo de lo que es. Cuida a un niño. Será su nieto, esperarán a la madre. Un niño bien arregladito que pasa distraídamente las ruedas de su coche de juguete por el ventanal de la tienda haciendo con la boca el ruido del motor. Un clásico.

No he visto en ninguna ciudad del mundo a tantas personas con miembros amputados. La consecuencia de la escasa o nula cobertura sanitaria, de una alimentación insana, de poca cultura, del desamparo.

Por la tarde voy a la manifestación del 8 de marzo. *March in March*, la han llamado. He quedado allí con Paloma, mi amiga de Unicef, que anda en la organización del evento. Hay un ambiente alegre, de celebración reivindicativa. Mujeres que han venido de todo el mundo, activistas por los derechos de la mujer, casi todas maduras o ancianas. Dice Paloma que es urgente rebajar la edad de las manifestantes. Es cierto, ¿dónde están las mujeres jóvenes?

Se muestran carteles denunciando mil cosas: la desigualdad de sueldos entre mujeres y hombres, la violación y secuestro de niñas como arma de guerra, la postergación a la que se somete a las niñas en los países pobres, la falta de cobertura sanitaria para unas ancianas que suelen hacerse cargo de la crianza de los nietos, la violencia doméstica... La mitad de la población del mundo en inferioridad de condiciones.

Pero aunque se trate de denunciar la injusticia y la desgracia, esto es una fiesta. Muchas abuelas afroamericanas, con el toque de extravagancia que aquí suele adornar a las damas de armas tomar. Muchas parecen la reencarnación de Nina Si-

NO STANDING
Upper West Side
West 106 St & Broadway
M116
BODYSTRENGTH FITNESS
FITNESS
GYM

AARP SUPPORTS ELDER WOMEN'S
IEWS

mone. Me pongo delante de ellas para retratarlas y muestran orgullosas el cartel que tienen entre las manos.

Sería injusto cerrar esta jornada tan plena de experiencias sin certificar, siquiera en una nota a pie de página, que mi esposo, el escritor Antonio Muñoz Molina, perpetró hoy, 8 de marzo, día de la Mujer Trabajadora, el que sin duda haya sido el mejor potaje de judías pintas que se haya cocinado y se cocine jamás en esta ciudad de fogones estériles. Mi suegro solía decir que el campo se había perdido un buen hortelano; yo sostengo que el mundo de la restauración se ha perdido un gran cocinero. Bien es cierto que yo lo disfruto en la intimidad.

· ❄ ·

Hace un mes mi peluquero Dani debió de hacerse un lío con el tinte y me aplicó un Carrot Cake. Al ver mi gesto cariacontecido en el espejo, me dijo: «Ay, tú no sufras, mi amol, que con el lavado se va yendo...».

A los pocos días, Dani me llamó para preguntarme si sufría mucho por el color, y le dije: «Mira, Dani, no te preocupes ni un segundo por mí, creo que estoy defendiendo este color con bastante dignidad». Dani me amó. Supongo que temía perderme. Porque aquí la clienta siempre tiene (toda) la razón y si hay un adjetivo del que los neoyorquinos, y aún más las neoyorquinas, se enorgullecen es el de *demanding*, algo que va más allá de ser exigente: una autoafirmación constante a través de las quejas al servicio que es, como acabas concluyendo, una seña de identidad de la que el *knickerbocker* hace gala con orgullo.

Es una actitud que no he acabado de asimilar, al contrario, cada año que pasa se me hace más irritante. Prefiero que las personas que me sirven acaben tratándome bien porque me toman afecto. Mi padre presumía de que los camareros de los bares que él frecuentaba le trataban como al cliente estrella y yo he heredado esa humilde aspiración.

El caso es que, tras un mes paseando esta melena, el naranja ha colonizado mi espíritu y, definitivamente, *orange is the new black*.

Esta mañana, de vuelta en las manos de Dani, porque al contrario de lo que se acostumbra en el Upper West yo aún me resisto a ser peliblanca, le he dicho: «Dani, fue el tuyo un gran error, ¡dale de nuevo al naranja!».

Dani me ama porque soy una buena clienta. Bienhumorada y desprendida. Cada mes le hago un gasto considerable: me tiño, me dejo cortar las puntas si él lo estima oportuno, aplicarme cremillas que fortifican e hidratan y no sé cuántos ungüentos más que Dani recomienda y que van sumando dólares a la cuenta. Sé que tener a un Dani en la vida cuesta un dinero. Y aunque el muy pomposamente llamado Salon West no es más que un local de barrio, las peluquerías en Nueva York son abusivamente caras.

Dani también me ama porque le escribí su biografía para la página web de la peluquería, un párrafo que ahora acompaña a su foto y que habla de esa especialidad tan codiciada entre las latinas: los moños. También me adora porque le conté que una noche nos invitaron a cenar en el apartamento de uno de los propietarios de Chanel, frente a Central Park, y que a pesar del dineral que se respiraba en el ambiente y en las paredes, pasamos hambre. Cada vez que voy, tengo que volver a contarle a Dani esta historia, como el niño que exigiera siempre el mismo cuento y disfrutara aún más por tenérselo sabido. Responde invariablemente: «¿De veldá?». Y entonces diserta sobre la mezquindad de los ricos y la generosidad de la clase trabajadora a la que él pertenece, y me describe todos aquellos manjares con los que me agasajaría si yo fuera un día a su casa en Nueva Jersey. Y sé que es cierto, que así lo haría, y que hay algo de verdad en eso de la roñosería del que más tiene. También sé que la próxima vez que vuelva le daremos nuevo brío al cuento de la cena en el apartamento del Upper East. Él comenzará con una sonrisa maliciosa: «¿No has vuelto a casa de los de Chanel?». Y yo le diré que no, y él dirá que mucho mejor así, que para pasar hambre... Y esperará a que yo le vuelva a describir las impresionantes vistas sobre el parque, las dimensiones del apartamento, las pinturas de valor incalculable que nos rodeaban y, una vez que lo haya situado en el centro de aquel salón, una vez que lo haya abducido convirtiéndole en un invitado más de aquella cena, vendrá el momento en que el anfitrión me ofrecerá algo de beber y yo le diré: «Un vino blanco» y él me dirá: «No tenemos vino blanco», y entonces será cuando Dani, que cada mañana viene desde Nueva Jersey desafiando los incontables inconvenientes que esta ciudad depara a los trabajadores en el camino al trabajo, dejará de aplicarme el Carrot Cake unos segundos para enfatizar su asombro, su indignación, e improvisará un discurso más humano que reivindicativo sobre los ricos y el resto del universo; no porque tenga aspiración alguna de que el mundo cambie, sino para constatar lo que viene siendo, como ley natural, el comportamiento del poderoso hacia los inferiores.

Dani, el rey del Salon West.

Hoy me ha contado el momento en que le dijo a su mamá que era gay; cómo su padrastro le dijo que siempre fuera por la vida con la cabeza bien alta; cómo los tres se abrazaron.

Dani me admira porque soy escritora y española. A él no le gusta leer, pero está empezando a darle al género biográfico. Se ha leído la biografía autorizada de Ricky Martin y me ha dicho que es bien interesante. Ahora va a empezar la de Rita Moreno, la artista de Broadway.

Le he hecho una foto en la puerta de la peluquería diciéndole que va a salir en mi nuevo libro. Y es verdad. Me ha dicho, espera, y se ha puesto la bufanda porque piensa que le favorece. También es verdad.

No le he dicho que mi nuevo libro se va a llamar *Noches sin dormir. Último invierno en Nueva York*. Se llevaría un gran disgusto.

· ❄ ·

Anoche fui a ver, una vez más, a Sílvia Pérez Cruz y a Raül Fernández al Poisson Rouge, un club del Village donde tocan música muy exquisita, que va del jazz a esto que llaman músicas del mundo. Xavi Menós y yo estábamos en la mesa de invitados, tan estupendamente, como vips. Por gentileza de los artistas.

Había un periodista catalán que conocía a Xavi y se me presentó antes de que Xavi, que lo conocía, lo hiciera. No diré el nombre, entre otras cosas, porque no me acuerdo. Pero, según lo que luego me chivan mis informadores, pujolista extremo, por definirlo de alguna manera. Joven mayor y pujolista. Viejoven de Convergència. Pero cuando el siguiente diálogo tiene lugar yo aún no sé nada de él.

—A ver si un día cenamos y conspiramos —me dice con una sonrisa abierta. Conspiramos, dice.

—Claro, cuando quieras —le contesto sin reservas. Pienso que es amigo de Xavi y eso para mí ya es suficiente. Y yo ceno con cualquiera.

—Así hablamos de todo, porque no estoy de acuerdo en nada contigo —comenta mientras escribe su dirección de correo en una servilleta.

—¿En nada? ¿Qué quiere decir en nada?

—En nada, yo te leo y en nada.

—Te advierto que con los seres humanos siempre tengo la mala costumbre de tener algo en común, pero si estás seguro de que conmigo eso no es así, para qué coño vamos a quedar.

—Porque así será más divertido.

Tomo el papelillo con su dirección y al llegar a casa lo echo a la basura. Cretino. Y cretina yo por no haberlo tirado sobre la mesa delante de sus mismas narices. Puta educación que me impide reaccionar como debiera.

· ❄ ·

Nos vamos a Washington. Hay una semana cultural dedicada a España y Antonio participa en ella. Yo me sumo como «ignorado perro de la dicha», que diría Onetti en su enigmática y brutal dedicatoria a Dolly, su mujer, en *La cara de la desgracia*.

Hace veintidós años que no voy a Washington, ¿cómo era yo entonces? Más ignorante, pero eso es lógico; más celosa, algo patológica, creo, sufría una tara en mi carácter que he ido corrigiendo; más insegura y, como consecuencia de esa inseguridad, muy desconfiada. Cuando veo a ciertas personas tan instaladas en sus complejos, en sus inclinaciones enfermizas y sus manías, pienso que cambiar requiere una capacidad de autoanálisis y un esfuerzo que no todo el mundo está dispuesto a abordar. Y menos en estos tiempos en que tanta psicología barata ha predicado que el ser humano debe amarse a sí mismo sin condiciones. La autoestima estéril. Yo he cambiado. Por voluntad propia y para mejor.

Trabajaba en la tele como guionista y vine a Estados Unidos para ver a mi novio-amante, que pasaba un semestre enseñando literatura española en Charlottesville, Virginia. Washington nos pareció inhóspito y somnoliento y tomamos entonces un tren a Nueva York para hospedarnos en el ya inexistente Doral Inn, el hotel que aparece en *Ventanas de Manhattan*.

Era la primera vez que Antonio me sacaba desnuda en un libro aunque, en un intento inútil de discreción, no dijera mi nombre. Al poco de publicarse *Ventanas de Manhattan* me encontré con Faustino, un antiguo colega de mi padre y padre de unas amigas mías de niña, y me dijo con cierta indignación: «Y entonces, ¿eres tú o no eres tú la mujer a la que se refiere Muñoz Molina en el libro de Nueva York?». «Sí, soy yo», le contesté con algo de vergüenza. «Pues si eres tú la que sale que te llame por tu nombre, porque la gente puede pensar que eres tú o una amante.» Faustino no caía en la cuenta de que yo, en el tiempo de aquellas páginas que narraban el encuentro amoroso de un hombre y una mujer en el hotel Doral Inn, era su amante, sí.

Una mirada que resta serenidad al padre de la patria.

Ahora veo Washington con ojos más expertos, no tengo la incertidumbre de perder al hombre que me acompaña, y la ciudad me parece fría y desabrida cuando paseamos por barrios modernos, pero habitable y misteriosa si caminamos por callecillas con hileras de casas que parecen traídas de un Ámsterdam del siglo XVIII.

Washington me revela la alegría de todos los cambios que se produjeron en mi vida, pero sobre todo los que ocurrieron dentro de mí. Tengo graves problemas con el pasado: por un lado, no me acuerdo bien; por otro, los recuerdos me producen aprensión. Incluso en aquellos momentos en que lo pasamos bien, nuestra vida en común era frágil y yo estaba muy sola para afrontar un nuevo fracaso.

· ❄ ·

Almuerzo con Carolina Kenny. Carolina es de Buenos Aires y lleva tiempo en Estados Unidos, ahora en Washington, estudiando y trabajando en asuntos de cooperación internacional.

Encontrarme con una persona como ella, inteligente y culta, con la que puedo mantener una conversación fluida como si nos hubiéramos visto el día anterior y que nada tiene que ver con mi oficio es sentir cómo la vida se engrandece. Si además esa amiga tiene sentido del humor mi excitación es casi infantil. Esta ligereza, esta actitud de darse poca importancia aun cuando se es una persona llena de valores, es algo que encuentro mucho más a menudo en mujeres. Y hubo un tiempo en que, por ser yo inestable, insegura, tensa, competitiva con otras mujeres, no percibía esa cualidad que consiste en no alardear de lo que se sabe. Antonio lo aprecia igual en sus clases: los alumnos tienen propensión a mostrar su plumaje, a tratar de impresionar; las mujeres suelen callarse por temor a decir algo poco interesante.

Hablamos de Argentina y de España, si es que se pueden resumir en un almuerzo estos dos países nuestros, tan difíciles y tan exaltados siempre. Y de populismos, claro. De Ernesto Laclau, el gran inspirador de la Kirchner, un ideólogo de nuestro tiempo que reinventó el populismo mirando a Argentina desde la Universidad de Essex. Suya es la feliz idea de que se alcanza el poder generando confrontación.

Carolina me ha comprado *Little Women*, que es un libro que traza un lazo de hermandad entre mujeres de medio mundo, por haber sido ésta nuestra primera lectura. Los niños miraban de manera condescendiente ese libro; las niñas no dudamos en despreciarlo cuando nos convertimos en mujeres. La realidad es que este libro tuvo mucho que ver en el despertar infantil de mi vocación. Hay mujeres que lo celebraron y lo celebran, Simone de Beauvoir o Patti Smith, y escritoras, como Marta Sanz, a la que leo esto en *Revista de Libros*: «Entiendo lo que muchas lectoras han querido ver de adelantado en *Mujercitas*. Entiendo que hay que conservar esa perspectiva histórica y no minusvalorar en absoluto la valentía y peculiaridad de Alcott como escritora y precursora de escritoras —las dificultades indudables que tendría que afrontar—, pero incluso en ese caso *Mujercitas* es más una historia moralizante hasta la extenuación que refuerza el imaginario de lo cursi asociado a la feminidad». Con los años he aprendido que se puede pensar una cosa y su contraria sin que sea necesario disculparse por contradictoria. Yo entiendo las dos posiciones, aunque creo que un libro que ha generado tantas vocaciones, de escritura, de lectura, o de incipiente rebeldía, puede ser disculpado por su componente cursi o moralizante. Existe hoy en día una cursilería literaria destinada al consumo de mujeres, que se presenta envuelta en porno, en libro de autoayuda o en halago reivindicativo de género que es mucho más peligrosa que todos los sueños románticos de la señorita Alcott. Cuando estuve en su casita museo de Concord me pareció verla allí, escribiendo, de vuelta de su dura experiencia en la guerra como enfermera, o años más tarde, de regreso de sus viajes por Europa, y me pareció una mujer sorprendentemente libre para la época que le tocó vivir. Dueña de su dinero, de su corazón, soltera pero no virgen, popular sin haberlo buscado. Ya entonces las admiradoras se presentaban en su misma puerta sin avisar; ella aparecía en el umbral con cara de no ser ella y respondía: «La señorita Alcott no está».

· ❄ ·

Esta noche he tenido la oportunidad de subir y bajar la escalera del infierno, la de *El exorcista*. La película que me hizo pensar, cuando tenía quince años, que la cama se movía, que la cabeza se iba a poner a dar vueltas sobre sí misma en cualquier momento, la película que me hizo creer que padecía un comienzo de posesión diabólica, y tanto miedo me producía el ser poseída por Satanás como vergüenza me daba que se enteraran mis padres. Realismo y absurdo, el drama de mi vida. Sufrí mucho, pero es una de mis películas favoritas. Leí también el libro, por enfangarme en la aprensión.

Una ardilla posando. Si le enseñara un cacahuete bajaría del árbol.

La casa de la niña está en lo alto de la escalera. Desde allí la pequeña endemoniada, Regan, lanza al padre Karras al vacío. La familia que ocupa ahora tan histórica residencia ha puesto unas luces intensísimas para disuadir a tanto loco que sube el larguísimo tramo de escaleras, me incluyo, para hacer fotos desde allí.

· ❄ ·

Estamos preparándonos para la charla de Antonio que será en el Kennedy Center, ese edificio desmesurado del que los washingtonianos están tan orgullosos. Le digo a Antonio: «Voy a dejar de escribir». Me dice que eso que digo es una tontería, que no tiene sentido. Le pregunto si cree que lo que digo es una consecuencia de cierta frustración o cansancio, y me dice que sí. Y cambio de tema porque como conversación es estéril; da mucho más de sí para rumiarlo en solitario en uno de esos días en que necesitas infligirte un castigo y haces acopio de pensamientos catastróficos que te llevan a la conclusión de que estás condenado al fracaso.

· ❄ ·

Son graciosas las ardillas cuando las tienes lejos, rápidas, industriosas, observadoras. Son inquietantes las ardillas de cerca. La palabra inglesa, *squirrel*, tiene un sonoridad más acorde con su bravura. Se tendrían que llamar *ardillas* cuando las ves tan simpáticas en una rama, concentradas en comerse un fruto sujeto con sus dos patitas delanteras, y *squirrel* cuando se plantan delante de ti desafiantes, como exigiéndote que les eches algo, ¡para algo te permiten pasear en su parque!

En Washington andan por todas partes, cualquier árbol, aunque sea fuera de un parque, las alberga; pasean y corren como ciudadanas de pleno derecho.

En el National Mall, la llanura donde se encuentra el imponente Lincoln Memorial, se disputan el terreno con los gansos. Sin depredadores a los que temer, son las reinas del imperio. Los turistas se acercan a ellas en masa, las rodean, las fotografían, les dan algo de comer para sacarles la foto degustando el bocado con esas dos singulares patillas que parecen manos de viejo. Ellas han perdido la vergüenza pero no hay que engañarse: siguen siendo salvajes.

Yo me agaché esta mañana para fotografiar una, pero confieso que, cuando vi que se me acercaba, un escalofrío me recorrió la espalda. Me imponen más que un caballo.

En el árbol que adorna la entrada del hotel donde nos hospedamos, el River Inn, hay una que, entre las ramas secas, vigila la entrada y salida de huéspedes. La miramos y nos mira. Vista así recuerda a un animalillo de un grabado japonés.

· ❄ ·

Me duele la mano. Las tengo muy pequeñas, con huesos de pajarillo y endebles. No hay grasa alguna que me proteja cuando la uso. Si alguien me la aprieta demasiado siento que me la va a romper. No tengo fuerza, no sé abrir un bote, no puedo sostener peso, si me doy un pequeño golpe en un dedo veo las estrellas. Me duele la mano por la escritura en el portátil y porque no duermo bien. Esta noche me levanté a las dos y media y tuve la voluntad de no encender pantalla alguna. Me tumbé en el sofá a leer el *New Yorker*. La historia sórdida y detallada del secuestro, ejecución y desaparición del cadáver de una madre irlandesa, a la que acusaron de ser confidente de la policía británica. Fue secuestrada por el IRA delante de sus diez hijos, que luego tuvieron que bajar la cabeza por ser los hijos de una asesinada. Cuarenta y tres años después hablan de la herida nunca cerrada. Planea la posible implicación de Gerry Adams.

No imagino una revista o un periódico en España donde se le pague a un periodista para que se dedique a una sola historia durante meses. Tampoco creo que estemos preparados para hincarle el diente a un capítulo de nuestro particular terrorismo con el rigor, el sosiego, la valentía y la distancia necesarios. Tampoco hay revistas que concedan ese espacio a un trabajo periodístico. Todo son opiniones, más o menos bien expresadas, honesta o tramposamente contadas, pero opiniones. Y de eso, ¿qué se aprende?

Admito que no fue una lectura adecuada. Me fui a la cama desasosegada por algo que sucedió el año 72 en Belfast. Y me costó retomar el sueño. No es bueno pensar de madrugada, pero ¿cómo se consigue no pensar cuando todo está en silencio y no hay estímulos exteriores, no hay vida más allá de lo que fluye por tu cabeza? Pienso en mi padre, en su mal dormir, en cómo le picaban las piernas como a mí y se las rascaba en la oscuridad hasta hacerse sangre, pienso en que se desvelaba como a las tres de la madrugada, abría su mesilla y se comía media tableta de chocolate. A veces mis hermanos y yo, temerariamente, dábamos cuenta del chocolate durante el día, trocito a trocito, hasta que casi acabábamos con la onza que le curaba el insomnio, y entonces mi padre gritaba por el pasillo, lo recorría a grandes zancadas, encendía todas las luces, le echaba la culpa a mi madre de nuestra desconsideración, nos maldecía, nos hacía culpables de lo cansado que estaría al día siguiente y del infarto que le acabaríamos provocando.

Cuando yo nací se quedó solo en Cádiz. Mi madre se había marchado con nosotros cuatro al pueblo. A mi padre le aterrorizaba la soledad y no podía dormir. La casa silenciosa siempre le dio miedo. Anduvo vagabundeando durante días y noches por la ciudad, sin descanso y sin tregua después del trabajo. Sufrió un shock nervioso, pero él jamás hablaba de este asunto que le debía de avergonzar y alimentar el temor excesivo que tuvo siempre a volverse loco. Le dieron la baja y empezó a pescar.

· ❄ ·

Hemos tenido unos serios contratiempos con nuestros ahorros que no voy a detallar aquí pero que nos han quitado el sueño. Yo duermo poco por sistema, pero estos días ha sido con más motivo. Sentía a Antonio respirar en la oscuridad con la cadencia del que está en vela. «Sé que estás despierto; no te preocupes, anda.» Entiendo su aprensión con el dinero: el recuerdo de no haberlo tenido no se esfuma nunca. Como es más aprensivo para estas cosas que yo, que soy una inconsciente, he reservado esta noche en el Red Rooster de Harlem para que se olvide del asunto un rato.

Chicas de Times Square. Por unos dólares las puedes abrazar, tocarles el culo, besar y sacarte una foto.

Es uno de los restaurantes de vida más intensa de Nueva York. No se puede casi conversar, porque la música está muy alta, pero la riqueza visual de los personajes que lo frecuentan suple la imposibilidad de tener una confidencia. Qué negros y negras más guapos, madre mía. Había una banda de dominicanos que tocaban salsa y que han ido invitando a los clientes a dar unos pasos de baile entre las mesas: qué profusión de culos, qué manera de mover las caderas, las tetas, los hombros. Le he dicho a Antonio: «Tú tranquilo, amor, que en cuanto me descuido se te van los pies».

· ❄ ·

Vamos a ver los tres últimos capítulos de *The Jinx* (El gafe). *The Jinx* es la historia de un millonario, Robert Durst, sobre el que desde hace tres décadas pesa la sospecha de haber cometido varios asesinatos. El primero de ellos, el de su mujer, Kathleen, a la que la policía dio por desaparecida en 1982; el segundo, en 1999, el de su íntima amiga Susan Berman, a la que supuestamente mató para que no confesara a la policía todo lo que sabía sobre la muerte de Kathleen, y la tercera víctima fue un vecino de Galveston, Texas, donde Durst se ocultaba, vestido de mujer, de una justicia que le seguía los pasos. De este último asesinato, en 2001, Durst fue exculpado por haber demostrado sus abogados que lo mató en defensa propia. Aunque parezca increíble, el hecho de que la víctima fuera descuartizada y arrojada en trocitos al río a manos de nuestro héroe no supuso ningún agravante para un jurado que lo declaró inocente.

Acaba y nos quedamos helados frente al televisor. Cada vez que un documental o un reportaje constata cómo funciona la justicia americana nos entran ganas de salir corriendo.

· ❄ ·

Para mí escribir no es una actividad pública. Escribo desde que a los nueve años descubrí, en Palma, que podía esconderme en el cuarto de mis hermanos a trazar historias en un cuaderno. A los doce comencé a escribir poemas. Lo hacía ya en Madrid, en la máquina Olivetti de mi padre. Mi querida Olivetti verde. Cuando me separé del padre de mi hijo la tiré por las escaleras en un ataque de furia y luego tuve que ir recogiendo las teclas por las escaleras. De adolescente escribía por la noche en el comedor de la casa de mis padres. Fue el único momento en el que recuerdo haber sentido una vocación verdadera. Luego, ese impulso se esfumó, como el del niño que dibuja con un talento artístico prometedor y luego desprecia el don que le celebraron tanto. A los diecinueve años comencé a ganarme la vida en la radio y, casi enseguida, escribiendo guiones. Pero los cuentos, los poemas, los proyectos siempre inacabados de novelas entraban en el ámbito de lo íntimo.

Nunca he dejado de escribir. Es un consuelo, un vicio, una manía, la única manera que conozco de ordenar el pensamiento. Es como rezar. Es un oficio. También una forma de vida cuando se escribe para los periódicos. No dejaré de escribir. Mi fobia ahora, la que padezco desde hace tres años, es a publicar un libro.

· ❄ ·

Esta tarde fui a Queens a tratar de curarme el insomnio. El extraño viaje se ha debido a una recomendación de la inefable Rubiela, que piensa que una pareja de coreanos en Woodseed que hacen eso que se llama medicina integral puede acabar con mis males.

Rubiela es la mujer de los mil saberes. Abraza cualquier remedio con tal de no ir a un médico convencional. Yo soy la mujer racional que me dejo llevar movida más por la curiosidad que por la fe. Si mañana me propusiera ir a una sesión de espiritismo también iría.

Rubiela me da una o dos charlas cada vez que viene y yo atiendo a sus diversos saberes como una alumna resignada e ignorante porque me gusta la música de sus mil teorías, el habla colombiana mezclada con el inglés, más que lo que cuenta en sí.

Me esperaba en el andén a la intemperie, porque al ser el tren elevado no hay manera de refugiarse. Estaba helada la pobre. Hemos ido andando las dos muy juntitas, agarradas del brazo, bajo un paraguas diminuto elegido a su medida que nos protegía escasamente de la nieve.

En una casa sobre la que nevaba como nieva sobre las casitas de las ilustraciones infantiles nos esperaba la pareja de coreanos. Guapo él, guapa ella. Cuarenta y tantos. Sanos y sonrientes. A mí me ha tocado la mujer coreana, en todos los sentidos. Me he desnudado y durante una hora me ha pasado una especie de aspirador por todo el cuerpo, como una ventosilla de las de antes pero con aspiración eléctrica.

La coreana ha hablado durante toda la hora. En inglés con acento coreano. Yo sentía dolor y el extraño placer de las presiones sobre la carne y los músculos. Ella decía: «*No pain, no gain*». Me hablaba de los flujos sanguíneos, de las corrientes de energía que iban y venían, de los puntos de dolor, de los pies y las manos, de las conexiones entre las distintas partes del cuerpo. Yo deseaba dormirme pero cuando estaba a punto de cerrar los ojos ella me señalaba uno de los dibujos del cuerpo humano que empapelaban las paredes. No estaba dispuesta a perder mi atención.

Mientras me vestía me dijo que no me asustara esta noche al mirarme en el espejo.

Me he mirado. Mi torso está morado: el cuello, los brazos, el pecho. Me meto en la cama como si me hubieran dado una paliza. Oigo a Antonio decir: «Tú ahí no vuelves». Y me quedo dormida.

· ❄ ·

Hemos estado en el 21 Club. Está en Midtown, en la zona considerada inhóspita para la diversión nocturna pero que yo sospecho llena de secretos. De secretos de otro tiempo. El *New York Times* y la página OpenTable de reservas de restaurantes han anunciado estos días una lista de sitios que van a ofrecer menús inspirados en la serie «Mad Men», que inicia su última temporada en abril. Y entre esos restaurantes o clubs en torno a finales de los sesenta estaba el 21 Club. Reservé y ha sido una manera de celebrar la víspera de mi viaje a España.

Concentración absoluta en el primer sorbo a un Martini en el 21 Club.
No es para menos.

Once años en esta ciudad y no sabíamos de la existencia de este lugar extraordinario. Está claro: para conocer Nueva York hay que patearlo, descubrirlo por cuenta propia, pero también resulta obligado leer el *New York Times*. Es el 21, como indica su nombre, un club, un clásico, con buena barra y un barman a la altura del establecimiento, que sabe preparar buenos cócteles y dar conversación a los clientes solitarios. Es una pena que no me guste el Martini, porque me resulta una bebida elegante y me encandilan sus connotaciones literarias o cinematográficas, pero al menos cuento con que le gusta a Antonio, y me encanta saborearlo de manera indirecta: en el rastro que deja en su boca cuando le doy un beso. Aunque, como experta en disfrutar del alcohol vicariamente, diré que el mejor aliento en la boca de un hombre es el que deja la mezcla del whisky y el chocolate.

· ❄ ·

Bajo al parque a despedirme de mi querido río. Espero que a mi vuelta el cerco de nieve que corona la orilla haya desaparecido de una vez y asome al fin una hierba que siento furiosa por brotar. El sauce que sirve de cortina ante la vista de Nueva Jersey tiene ya el ocre verdoso del árbol impaciente por dar sombra.

Sombras sobre el Hudson. El título de la novela prodigiosa de Bashevis Singer. Sus personajes se mueven por este barrio. Van de un lado a otro amando y pensando, torturándose y cayendo en la infidelidad como si fueran incapaces de sortearla, haciendo el amor y soportando la memoria de sus muertos. *Sombras sobre el Hudson* está escrita en yiddish. El autor dudó entre el hebreo y el yiddish durante un tiempo pero finalmente se decantó por esta última porque decía que era la lengua que más palabras tenía para nombrar a un pobre. Es la gran novela sobre el Nueva York de la segunda mitad del siglo xx. Nueva York como lugar de huida y redención para esos personajes complejos que tratan de rehacer su vida después del horror. ¿Qué harían los personajes de Singer si no estuvieran presos del amor y de la culpa?

En casi todas sus novelas de Nueva York hay mujeres que acarician la posibilidad del suicidio. O que lo cometen. Pienso en Stefan Zweig y en Lotte Altmann, su joven segunda esposa, que anduvieron por esta ciudad a finales de los treinta, cuando a las costas americanas llegaban cientos de judíos procedentes de toda Europa huyendo de la persecución nazi. Stefan y Lotte eran exiliados de más alta categoría que los personajes que poblaban las historias del polaco, pero bien podrían haber aparecido como secundarios en una de esas fiestas en las que, inevitablemente, las conversaciones derivaban en el dolor del destierro. El hotel de Zweig en esa estancia del 41 estaba al lado de Grand Central. Lo imagino saliendo poco, temeroso de ser asaltado por los refugiados que en ocasiones le esperaban en la puerta pidiendo una recomendación, dinero o un consejo. Y también imagino a un atolondrado Bashevis Singer, menos tendente a la melancolía aunque con inclinación a la culpa, pasando de largo por delante de la estación Grand Central, consciente de la estancia en el hotel Biltmore del escritor judío al que él había traducido al yiddish años atrás, el autor más celebre del momento; Isaac apresurado por entregar un cuento para el periódico o por llegar a la casa de una amante que no era la amante habitual sino una nueva que había despertado su deseo para complicar aún más una vida con notas permanentes de picaresca.

Su literatura está habitada por mujeres hermosas, inteligentes y torturadas; el tipo de mujer que abundó en la vida del escritor, siempre enredado en varias aventuras amorosas.

—Cuando Isaac entraba en un cuarto —nos contó el escritor Aharon Appelfeld, que fue amigo suyo—, tenías la sensación de que algo estaba a punto de suceder. Tenía las orejas puntiagudas de un diablo.

Zweig fue un escritor sentimental, un *voyeur* más que un vividor; Bashevis Singer fue un escritor sexual y estaba encantado con la idea, era un hombre de acción. Pecaba tanto como rezaba.

Zweig se suicidó en el año 42, Singer vivió hasta 1991. Zweig dejó su alma en Europa, jamás se adecuó a la dimensión americana, sin embargo, Singer se convirtió en un neoyorquino emigrado, en uno más de los que contribuyeron a hacer la ciudad tal y como la conocemos ahora. Lo veo en cuanto salgo a la calle, en cualquiera de esos viejos neoyorquinos insobornables que cruzan gallardamente West End Avenue.

· ❄ ·

Ya estoy en Madrid. Cuando llego, vivo con una especie de excitación infantil que me da energía a pesar de mi permanente falta de sueño. Por la tarde, hablo cn público sobre mis fotos en Telefónica. Me da cierto apuro por-

Cantantes de Minton's, en Harlem, tras la cortina, esperando su turno.

que hay fotógrafos profesionales. Me he pasado la vida medio avergonzada. Diplomada en nada, *amateur* en todo, me he sentido secretamente una más de la picaresca española. Decía Emilio Lorenzo, el filólogo que tan generosamente escribió sobre los «traviesos» de la literatura, como él llamaba a algunos héroes infantiles, que Manolito es un pícaro sin hambre. En muchos momentos de mi vida, yo pude definirme así. No es falsa humildad. De pícaros está el mundo de la cultura lleno. Lo interesante del destino del pícaro es que, si se aplica en el conocimiento mundano, a lo largo de los años va adquiriendo, a fuerza de tener bien abiertos los sentidos, lo que le faltó en estudios académicos. No es fácil, no está al alcance de cualquiera. Pero yo, que siempre padecí el complejo de no haber terminado mi pobretona carrera de periodismo, sé que de pícara he pasado a diplomada.

Vuelo a Lausana, ése ha sido el motivo de mi viaje a Madrid. Es la segunda vez que visito esta universidad donde me requieren y me tratan con gran consideración. Siempre me emociona que me traten con cariño y respeto. Como si en el fondo creyera que no lo merezco del todo. Me gustaría llevar un cartel colgado a la espalda que lo advirtiera: «A esta mujer le gusta ser tratada con respeto no exento de cariño». Un mandato demasiado largo para mi espalda, que es más bien estrechita. Hay una jornada sobre las traducciones de Manolito: hablan la italiana, la francesa, el japonés, la americana. Algunos son amigos ya, compartimos gran parte del sentido del humor que emana del personaje, por eso sus traducciones son muy buenas. Tras el éxito de un libro en el extranjero siempre hay un gran traductor. A mí me halaga que les guste trabajar con mis textos, cuentan historias muy cómicas sobre el desafío que supone trabajar con el habla de la calle, también sobre la censura que se aplica con frecuencia a los libros infantiles. Se lo escuché decir una vez a Francisco Rico: en la traducción del humor y de la poesía siempre hay algo que se pierde.

Antes de volver a Nueva York acudo a Moratalaz para comer con Miguel, mis sobrinos y mis hermanos. Estoy tan cansada que salgo del encuentro con ganas de llorar. Me he repartido como he podido entre unos y otros y ahora ando recogiendo los pedacitos para que Antonio me encuentre entera.

Al menos he visto a Miguel, que se va recuperando de su ruptura amorosa, aunque las madres siempre miramos a los hijos con cierta aprensión, como si nos ocultaran su verdadero estado para que no nos alarmemos.

—¿No estás muy delgado?

—Madre, nunca estás contenta con mi peso, antes me decías que estaba gordo, ahora que estoy flaco. Dime cuánto debería pesar para que te pareciera normal.

Touché.

Every Time We Say Goodbye I Die a Little. Ya no vuelvo a hacer otro viaje relámpago; mi alma se divide. No puedo entender cómo hay ejecutivos que llevan una vida internacional. Yo no sé vivir entre dos ciudades.

· ❄ ·

Vuelvo a Nueva York y al rato llegan mis amigas malagueñas, las Almagro Sisters. He colocado a dos en casa de Lorenzo, el científico, porque en mi apartamento sólo hay un sofá cama y está a punto de hundirse de tanta historia como ha soportado. Hace años escribí un artículo, «El sofá-cama», que se hizo célebre entre españoles en Nueva York y sus visitantes. Mi sofá cama tiene ya unos diez años. Pienso en todos los hoteles que se han ahorrado amigos y familiares con ese sofá cama. Y pienso en quién lo heredará cuando yo me vaya. A veces hago inventario, miro los objetos que he ido comprando durante esta década, y pienso en lo que me gustaría llevarme a Madrid. Una acuarela de José Guerrero que le compramos al poeta Mark Strand y que está dedicada a él; un Jonás con la ballena hecho en madera por unos artesanos de Virginia; un grabado japonés; algunos libros en ediciones originales de los años cincuenta y sesenta; un pequeño *vanity* que compré en un anticuario; el gran archivador de madera de un diario de Chicago; la pizarra antigua de la cocina en la que Antonio me ha ido dejando mensajes todos esos años, como estos versos de Auden, que me encontré una noche al llegar a casa:

If equal affection cannot be,
Let the more loving one be me.

· ❄ ·

Nueva York está lleno de españoles estos días de Semana Santa. En los primeros años de la crisis menguó su presencia pero ahora, perdido un poco el miedo a una crisis que no tiene visos de dejarnos, la avalancha ha vuelto. Los españoles: casi siempre en grupo y ruidosos por sistema, comentaristas de todo y ajenos a que alguien pueda entender-

Ahí lleva, desde 2014. En la cocina.

los, llenan los andenes de metro y las tiendas. Los españoles son la alegría de Nueva York en este puente santo, pero su gloria es anónima, nadie sabrá jamás a qué se debe que la economía de Manhattan experimente una subida en el consumo tan considerable por estas fechas. Nos los vamos encontrando en los museos, en los grandes almacenes de rigor, y no pocas veces, brujuleando en sitios menos populares de nuestro barrio, pero de los que yo escribía en mi libro *Lugares...* Más de un grupo nos han reconocido a la caída de la tarde en la entrada del Smoke Club, a la vuelta de casa, y ha habido un intercambio de abrazos cálidos y de risas para celebrar el encuentro.

Entiendo que encontrar a los escritores que te han dado a conocer en sus crónicas una ciudad (a veces llevan nuestros libros en la mochila) tiene que provocar emoción, más aún si los ves haciendo cola en uno de los lugares que dicen frecuentar y que por seguir el rastro de sus páginas te han llevado a un extremo de la ciudad al que rara vez suelen llegar los turistas. Algo así como (¡sálvenme todas las distancias, por favor!) haber visto a Truman Capote con sus distinguidas amigas en La Côte Basque; a Buñuel tomándose un Martini en el bar del Plaza; a Philip Roth almorzando unos huevos revueltos en Barneys; a Lauren Bacall con unos palillos en el Shun Lee West; a Tom Wolfe cruzando Madison Avenue vestido de Tom Wolfe, o a Suzanne Vega en el Tom's Diner, año 1984, escribiendo en una servilleta unos versos que habrán de convertirse en una canción que servirá de sintonía al programa de entrevistas de radio que presenta en Radio Cadena Española una joven periodista a la que aún le faltan tres años para conocer al hombre de su vida, con el que acabará viviendo en el Nueva York de la canción, en el mismo barrio, a escasos metros del Tom's, y en muchas de sus tardes de vagabundeo observará, desde fuera, a otros tantos personajes dignos de versos que quisiera escribir ella.

Me gusta entender la vida así, cosida por un hilo invisible que entrelaza relaciones caprichosas pero posibles, no forzadas por las fantasías a las que tan aficionados son algunos literatos sino basadas en coincidencias reales. Mientras intento, en la clase de yoga, que la postura del guerrero me salga mínimamente ligera y elegante, observo la melena naranja de la mujer de la colchoneta de al lado. Siento su respiración, a veces entreveo su cara, la piel fosforescente y de textura de melocotón de las pelirrojas; pienso en si es quien creo que es. Cuando tras la meditación vamos doblando las mantas rústicas para colocarlas en el estante, me acerco a ella y le susurro, ya segura de que es: me encanta tu música. Ella sonríe, me da las gracias. Todo en voz muy baja. Y eso es todo: quien cantaba la sintonía de mi programa en los ochenta, ahora es una compañera de yoga en este gimnasio de barrio, del suyo, del mío.

Una escena nocturna en el Tom's Diner de Seinfeld.

Abril

Mis amigas las Almagro tienen la naturalidad de las flamencas, se mueven en cualquier territorio como si fuera el suyo. Ese desparpajo sólo se lo he observado a los flamencos cuando vienen a actuar, en particular a los gitanos, que mantienen de alguna manera su condición de trashumantes eternos y parecen sentir menos que nosotros el temor que despiertan la lejanía y las fronteras. Recuerdo, de cuando Antonio era director del Cervantes, la extraordinaria visión de unas gitanas viejas en bata y rulos, acodadas en el mostrador del lobby del hotel Roger Smith, reclamándole a un conserje que no las entendía muy bien algo del minibar. Especialistas en burlar el interminable catálogo de reglas que impone la vida cotidiana en Estados Unidos, acababan cerrando locales, tocando palmas y fumando, siempre fumando.

Mis Almagros, algo flamencas por su condición de malagueñas, ya se han agenciado su *metrocard*, recorren la isla de norte a sur, y los neoyorquinos acuden en su ayuda en cuanto las ven desplegar el mapa; se entienden con los dependientes en el español de Málaga y tienen la teoría de que si se piden las cosas con mucha educación y una sonrisa el camarero enseguida te capta la idea. Envidio ese desparpajo. A mí me ha costado años adquirirlo. Mis Almagro son alegres, fuertes, voluntariosas, valientes, desprejuiciadas y femeninas. Esas cualidades, multiplicadas por tres, son apabullantes. Me dieron cobijo cuando llegué a Málaga para trabajar en la radio en el año 86. Miguel tenía un año. Yo, veinticuatro. Nos hicieron hueco al niño y a mí en la mesa familiar donde su

Personajes del mundo subterráneo, tan rico en ellos como la intemperie.

madre, María Oliva, servía unos extraordinarios pucheros a diario. Aún no entiendo por qué nos quisieron tanto desde el principio.

En *Semillas de gracia*, las memorias del hispanista que fuera amigo de Antonio, Thomas Mermall, cuenta el autor cómo una familia de campesinos húngaros los cobijaron y ocultaron a su padre y a él en su huida desesperada de los nazis. Aquel matrimonio humilde que les salvó de una muerte segura puso en riesgo su vida y la de sus hijos. Escribía Mermall que nos pasamos la vida tratando de analizar la naturaleza de los criminales cuando el enigma que debiera maravillarnos es el impulso que mueve al bondadoso.

Las Almagro se han hecho fotos con el móvil en la puerta del Metropolitan, en la del Whitney, en la del MoMA. Lo veo bien. Si vienes a Nueva York sólo para cuatro días no tiene mucho sentido que consumas las mañanas en un museo teniendo esas calles ahí fuera, plagadas de esquinas y de escenas que no has de ver en otro lugar del mundo. Reconozco que esa picaresca de hacerse fotos a las puertas de los templos del arte, tras tantos años de recibir turistas en Nueva York, me ha sorprendido y lo pienso recomendar a cuantos vengan. También se hicieron fotos en la puerta del Empire State. Y no subieron.

Las Almagro no tienen tiempo de culminar una ruta turística obligada. Ellas necesitan comer, comprar, reírse, andar. Las Almagro son de esa especie en peligro de extinción que aún mantiene la costumbre de comer caliente a diario, un primer y un segundo plato. De pronto, una de ellas, Lole, se ve viviendo aquí. Y yo le digo que no. Que no. Es imposible reproducir en esta ciudad la cadencia de la vida malagueña, ese disfrutar a diario de placeres que van más allá del dinero que se tenga, que están relacionados con el tiempo del que se dispone, con la luz y la temperatura, con el cobijo familiar, con la importancia que se le concede a la conversación, al paseo, con la seguridad de no saberse solo, tener un respaldo y reservar a diario un rato para los amigos; un catálogo de pequeños saberes que conforman un hedonismo al alcance de un pueblo que fue pobre.

Mis Almagro trasladan esa guasa a Nueva York. Se hacen una foto a media mañana haciendo cola en el carrito de los *hot dog*, pero esto no es una simulación: se comen el perrito caliente. Luego entran a un restaurante, porque tras una puesta en común apasionada en la esquina de la Quinta Avenida con la 53 llegan a conclusión de que el *hot dog* ha hecho las veces de tapa. Y eso no es comer.

Mis Almagro casi no me dejan hablar. Tampoco se dejan hablar entre ellas. Hay que ser muy rápida para colar una frase entera en una conversación con las Almagro. Y eso que tuve un año de entrenamiento intensivo en Málaga, pero es imposible competir con la agudeza verbal andaluza. Lo sufrí entonces, y ahora lo disfruto.

· ❄ ·

Resulta casi imposible ya ver una persona ensimismada en esta ciudad y no pensar en Hopper. Lo pienso yo al hacer una foto y lo reconocerá el que la contemple. Acrecienta ese conexión estética inmediata que todo lo que rodea al personaje meditabundo es profundamente americano: el cartel del ATM en la tienda de la esquina, el brillo pecu-

ATM
CVS

liar de las grandes placas de asfalto, el vapor de agua que sale por las alcantarillas, la basura apiñada contra los semáforos y una escasa iluminación de las calles sólo rota por las cúpulas iluminadas de los edificios emblemáticos. Por el Empire State, que esta noche luce rojo y dorado. Voy escuchando a Paul Simon, sus canciones compuestas por versos que más que historias de principio a fin sugieren imágenes, imágenes que creo ir viendo mientras camino. Comprendo así la manera de componer de un paseante urbano que va mezclando lo que ve, lo que siente y lo que recuerda.

I met my old lover
On the street last night
She seemed so glad to see me
I just smiled
And we talked about some old times
And we drank ourselves some beers
Still crazy after all these years
Still crazy after all these years
I'm not the kind of man
Who tends to socialize
I seem to lean on
Old familiar ways
And I ain't no fool for love songs
That whisper in my ears
Still crazy after all these years

Hay, en el boulevard Isaac Bashevis Singer, un librero de viejo que lleva barba de anciano aunque no podrías decir si ya lo es o se lo hace, y gasta gorra de invierno, aunque haya llegado la primavera.

Hay en el boulevard Isaac Bashevis Singer un librero de viejo que se pasa el día chafardeando con perdedores de tiempo, saludando a vecinos y acariciando perros. A veces, sólo a veces, vende algo.

Hay en el boulevard Isaac Bashevis Singer un librero barbado que ha estado allí siempre, incluso cuando vivía Bashevis Singer, o antes aún de que desembarcaran en la ciudad los fugitivos del Holocausto.

Hoy, el librero inmortal acariciaba al perrillo de una vecina llamado Oliver. Ésa era la escena, no había más. Pura celebración del buen tiempo. «*Isn't he lovely?*», me dijo. A Oliver, se refería. A veces he visto a este falso anciano andar por la calle, sonriente, con su perenne gorra de cazar osos, llevando bajo el brazo una botella de vino sin tener la precaución de ocultarla en la bolsa de papel.

Hay un hombre en un banco de Broadway con la 100 que se dedica a perder el tiempo, a vender libros usados que muchos tocan y pocos compran, que pasa la mañana acompañado por otros diletantes como él. No es un hombre de su tiempo ni de este mundo.

Hay un disco de Leonard Cohen a punto de estrenarse con un blues tan intemporal como Cohen, como esta primavera, como el viejo librero.

· ❄ ·

Este martes comienzan los homenajes a Billie Holiday por el centenario de su nacimiento. Todos los clubes de jazz rendirán tributo a la mujer que impregnó las canciones americanas de tonalidades y colores extraños porque decía odiar las melodías en línea recta. A mí me costó apreciar el arte de Billie Holiday. Tal vez porque me chirriaba la familiaridad con la que se referían a ella los expertos en jazz. Billy, decían. He tenido que controlar a lo largo de mi vida el rechazo que me provocaba el juicio de los entendidos. No ya que ellos me cayeran mal, que eso sería lo de menos, sino que me alejaran de artistas que estaban destinados a emocionarme. Con respecto al jazz siempre me molestó ese aire de club de elegidos que quieren desprender los aficionados.

Ayer noche, en nuestro Smoke, vimos a un grupo de jazz compuesto por tres mujeres y un hombre. La jefa del cuarteto, Tia Fuller, empuñaba el saxo. Fuller es una señora de armas tomar, gran artista, derrochadora de encanto y temeraria: iba subida en unos tacones tremendos que eran en sí mismos toda una declaración de principios.

· ❄ ·

Ir escuchando música por la calle puede enmascararte la realidad. Hay momentos en que, consciente de pronto de estar montándome una película que me lleva a pisar las aceras como si avanzara por un decorado, me quito los auriculares y me fuerzo a escuchar el sonido de la vida real. El cine nos ha ofrecido el paisaje urbano neoyorquino con banda sonora incluida y los extranjeros, más propensos a dejarnos llevar por fantasías peliculeras, vemos lo que no hay o no vemos lo que hay. Pienso en todas esas emociones prefabricadas por tantas horas de cine, condicionadas por cómo nos han contado la ciudad Woody Allen, Martin Scorsese, Vincente Minnelli, John Badham, John Schlesinger, Blake Edwards, Elia Kazan, Wayne Wang, Rob Reiner o Paul Mazursky.

Pero escuchar canciones mientras caminas, si eres capaz de atender a las letras y a lo que tienes delante de los ojos, puede ayudarte a entender la magnitud de los sueños americanos, su candidez y también su crueldad. «*Everybody loves a winner, so nobody loved me*», dice Sally Bowles en *Cabaret*, pero ese verso está de una forma u otra repetido en mil viejas canciones, *nobody loves you when you're down and out*. Habiendo como hay tantos locos desamparados, tantos seres al margen, tantos sueños no realizados, tantos *losers*, como se denomina sin contemplaciones al que no ha alcanzado sus aspiraciones juveniles; habiendo como hay tanto desgraciado, tanta vida postergada, tanta derrota, tanta excentricidad solitaria..., estremece esa especie de infantilismo emocional que distingue a los seres humanos entre los que están arriba y los que se han venido abajo.

En esta tarde gris y ventosa, como la del tango, voy bajando por Broadway atenta al mundo, dispuesta a que esta grisura no me nuble la atención ni el ánimo. Una abuela abrigada con capa roja, sombrero rojo y armada con un paraguas rojo trata de mantener su compostura al cruzar la calle. La veo tan perdida en la amplitud de la calle que a punto estoy de sentir piedad, pero recuerdo las palabras de mi amiga Ana, vecina del barrio: «Sé prudente con la pena, que la mayoría de estas abuelas excéntricas están forradas». Y puede ser cierto, porque la veo entrar en uno de esos edificios nobles del

Tia Fuller, gran saxofonista, grandes tacones.

Como si fuera un personaje sacado de «American Splendor».

Upper West. Lo cual no quita para que su apartamento, que imagino ya en la última planta, con vistas al Hudson, de imponentes estancias y floridas mamposterías, lleve décadas convertido en un contenedor, en la mansión Diógenes, y albergue madrigueras de ratoncillos en los rincones, al estilo de *Grey Gardens*, el hogar de las Bouvier, tía y sobrina de Jackie Kennedy, que abandonaron el cuidado de su casa hasta el punto de convertirla en un hábitat salvaje, donde vivían mapaches, mofetas y anidaban halcones. El cine, primero documental, luego de ficción, las convirtió en personajes, en icono de la moda a la hija, en diosa de la excentricidad a la madre, pero no eran más que dos personas trastornadas. Aunque, ¿qué es el trastorno? Aquí los ancianos extravagantes, por no decir raros, son tan numerosos que no se puede hablar de anormalidad. Viven definitivamente en su elemento.

El ladies room del hotel Carlyle.

Mayo

Vamos al museo del Moving Image en Queens a ver la exposición que han montado en torno a la serie «Mad Men». Decorados traídos desde Los Ángeles, fotos, pantallas con escenas fundamentales, maniquíes con los vestidos de las escenas que casi nos sabemos de memoria, objetos que manejaron los personajes. Vemos reconstruida la célebre oficina de Madison, la cocina de Betty, el despacho de Don. Todo parece, visto con nuestros ojos y no con los de un experto realizador, más pequeño, más gastado, menos elegante, más pasado de moda que como se ve en televisión. Los trajes, los de Megan, los de Betty, que en pantalla parecían tan elegantes, están confeccionados con los tejidos sintéticos tan en boga en los sesenta, tiesos, brillosos, eléctricos. Hay un rincón para escuchar la selección musical que dirigió el creador de la serie, Mathew Weiner, un maestro de la nostalgia que ha contribuido a empañar de melancolía el presente, provocando reflexiones sobre aquel Nueva York machista, racista, áspero, de fumadores sin mala conciencia y bebedores irreflexivos y este otro en el que hoy vivimos, donde el machismo está mal visto y por tanto encubierto, el racismo pervive aunque se manifiesta de otra manera, la aspereza sigue estando presente porque es la marca de la casa, y eso sí, los locales se han vaciado de humo y las oficinas de alcohol. La corrección política ha enmascarado la realidad que, sin duda, es mejor para las mujeres, los negros y los homosexuales. Pero se perdió en el camino la elegancia, ciertas formas, y el último tramo de la mejor música que se ha hecho en Estados Unidos. Se entiende la nostalgia de Weiner, en la serie está descrito el mundo de su infancia, están sus padres, y el optimismo americano posterior a la segunda guerra mundial, y además, todo está mirado a través del velo de la música, y adornado con los vestidos de colores vivos de las mujeres y las camisas blancas de los hombres que aún llevaban sombrero. Una estética poderosa perdida hoy en una ciudad más vulgar, feudo de los ricos, difícil para la clase media, inalcanzable para los pobres.

Hay feministas (yo lo soy) que se indignan (yo no) al comprobar que «Mad Men» provoca nostalgia o que el personaje desconsiderado y machista de Don Draper resulta atractivo. Todo lo censurable de Don lo viví en primera persona cuando era niña a través de mi padre. Nunca me hubiera casado con un hombre como mi padre pero, siendo imposible modificar el pasado y menos aún reformar a sus protagonistas, no cambiaría a mi padre por otro mejor. Como la pequeña Sally, le servía con siete años la copa de coñac que tomaba después de comer, que con los años se convirtió en whisky, y se la llevaba hasta el sofá oliendo por el camino el delicioso aroma del alcohol perfumado. En cuanto escuchaba el sonido de las llaves en la puerta al mediodía acudía como un perrillo a llevarle las zapatillas. Iba con él al cuarto y esperaba a que se fuera desnudando, porque mi padre siempre se ponía ropa de casa para comer, para colgarle el pantalón, la americana, la camisa blanca, la corbata seria. No era raro que estuviera enfadado con mi madre por algo en lo que mi madre llevaba razón, así que habiéndose ella encerrado en un cuarto, yo era la encargada de servirle la comida y escucharlo. Él monologaba, porque yo no intervenía nada, como si se estuviera dirigiendo a una adul-

ONE WAY

ta. Casi siempre contaba asuntos de la empresa. Yo asentía, aunque le prestaba muy poca atención real. Había aprendido a evadirme, a asentir con convencimiento, y a pensar en mis cosas. En el cuarto, sola, sufriente, mi madre alimentaba cierto resentimiento hacia mí por haber accedido a sustituirla. Pero yo no podía retirarle el cariño a mi padre cada vez que ella, muy justamente, se ofendía. Yo era niña y adoraba a mi padre. Luego vino la adolescencia y con ella el sentido crítico y la censura de sus comportamientos desconsiderados, pero de la infancia conservo el encandilamiento que su figura me provocaba. La admiración por el hombre alto, guapo, de voz grave, impetuoso y altivo, de humor arbitrario, que exhalaba su propio perfume: un aroma compuesto por el olor a limpio, a jabón, a loción de afeitar, al humo del tabaco y whisky. El recuerdo de ese olor despierta en mí el mismo amor que sentí en la niñez. Y eso es lo que amo en Don Draper. Lo miro siempre con los ojos de su hija, de Sally Draper.

· ❄ ·

Me gusta imaginar que hago fotos como postales antiguas, descoloridas por haber pasado tiempo metidas en un cajón. Me gusta que mi falta de pericia en la fotografía consiga precisamente eso. Se parecen a veces, estas fotos de ahora, en su color un tanto desvaído, a mis fotos de Nueva York de aquel 91 en que vine por primera vez. Fotogramas de película neoyorquina de los años setenta, que tenían un velo plateado que tanto se parece a la luz fluvial que a John Cheever le evocaba el Manhattan de los años cincuenta y a mí, el de los noventa. Tal vez sea, sin más, la luz del recuerdo en esta ciudad.

Me fui esta mañana, después de terminar mi artículo para el periódico, a Brooklyn, a ver a una amiga de toda la vida a la que conocí la otra noche en una representación de *La cantante calva* que hacían unos jóvenes actores en su apartamento de Harlem. Éste sería un buen ejemplo de cómo he ido entablando amistades en esta ciudad a la que llegué sin conocer a nadie. Vas a un acto cultural y en vez de volverte a casa con las manos vacías, como harías en tu propio país, pides el teléfono a esa persona que te ha interesado, o le das una tarjeta con el tuyo. Lamentablemente, levanta menos sospechas intercambiar teléfonos con mujeres o con gays, por aquello de que la amistad entre un hombre y una mujer heterosexuales sigue siendo un problema no resuelto. El mundo de las relaciones avanza, pero no en ese terreno. Me lo confesaba un amigo: ¿cómo borrar en la amistad con una mujer la tensión sexual?

Antes de casarme con Antonio tuve tres amigos que me acompañaron mucho en mi desamparo de entonces. No sé si sus novias tendrían celos de mí, pero no era algo que me preocupara; sintiéndome algo víctima tras mi separación, tendía a practicar, como desquite, cierto egoísmo en mis relaciones, a tomar sólo aquello que me viniera bien. En teoría, no hacía nada incorrecto, mis amigos eran ellos, compañeros de la radio, y no tenía interés en convertirme en ese tipo de amiga soltera o recién separada que acompaña a una pareja. Imagino que fui en esos años un elemento distorsionador para algunas mujeres. En teoría, yo tenía toda la razón: la amistad es ciega, no debiera entender de edades, sexos o estados civiles. En la práctica, ahora entiendo que esa teoría se tambalea: cómo encajas que tu marido vaya a cenar más de tres noches con una mujer atractiva, cómo encaja tu marido que mantengas una asidua complicidad con un hombre interesante.

Tal vez, la única solución para esa teoría tan justa como imposible de llevar a la práctica sea la vejez, como expresaba con tanto sarcasmo Luis Buñuel, que se refería a la falta de deseo sexual como una de las ventajas de hacerse viejo. Aunque yo he conocido viejos que se mueren sin haberse liberado del todo de su deseo.

Tomé la línea R en Times Square y esperé con expectación ese momento excitante en que el tren, como si fuera un ciempiés trepador, sale a la superficie y convierte a los pasajeros en niños que se hubieran montado en una atracción de feria. Cuando eso ocurre siento que mi gesto cambia, que sonrío, como me ocurre en los tranvías lisboetas. Voy sola y sonrío. Si viajo acompañada directamente me río, porque la risa en soledad es inquietante, mucho más que el llanto.

Allí me esperaba mi recién estrenada amiga, en un hangar de ropa usada repleto de camisas hawaianas de hombre. Parecía el almacén para el vestuario de *De aquí a la eternidad* o de *El gran Lebowski*. A ocho dólares la pieza. Imposible resistirse aun sin saber cuál será el destino de estas camisas floridas que a mí me quedan por debajo de la rodilla.

Luego nos hemos reunido con otras amigas en una de esas cafeterías de Brooklyn a las que acuden de mañana madres que andan con bebés o con niños en edad escolar. Madres brooklynitas. Pregunto y pregunto sobre un mundo que me es ajeno. Y me alegro de que mi interés sea el de

These boots are made for walking.

mera cronista, me alegro de que ese momento de mi vida haya quedado atrás, siento la ligereza de esa falta de responsabilidad, me alegro de no tener hijos pequeños en esta ciudad. Veo a los padres y a las madres sometidos a la presión de la competitividad desde que sus hijos nacen; los veo ahogados por el abusivo precio de la educación y, sobre todo, cuando son hijos de españoles o de latinos, intuyo el temor en las madres, no del todo confesado, de que sus hijos se conviertan muy pronto en preadolescentes ajenos y poco cercanos físicamente.

De camino al metro, hablo con Miguel de su nuevo amor, con un cuidado exquisito de no ser intrusiva, hablamos también de los asuntos políticos del día, y siempre hay una idea, una perspectiva suya que me resulta original. Me siento más cercana que nunca a él, pero liberada también, viendo que su vida no depende ya de mis aciertos o mis torpezas, que ya no tengo que ser un ejemplo para nadie.

Ya lo he dicho, he nacido con vocación de clienta fija. Soy fiel a mis bares y a mis tiendas. La otra noche conocí una pequeña taberna en Harlem, The Edge, y hoy he vuelto. Para que se acostumbren. Quiero que en breve me conozcan y me saluden. Pregunté quién era el hombre del retrato que preside el local y me dijo la camarera que se trataba del poeta Langston Hughes, que había vivido por aquella zona del barrio. Hughes, muy joven en esa foto, elegante, un Duke Ellington algo más rudo.

Hoy he vuelto a la taberna y le he dicho a la camarera que he estado leyendo al poeta. Teníamos una antología en casa y, de pronto, mágicamente, me he empezado a encontrar su nombre en los lugares más inusitados y citado por los artistas más diversos: Cartier-Bresson había coincidido con él en México, Rafael Alberti en Madrid, Nicolás Guillén en Cuba, Arthur Koestler en la Unión Soviética. Viajó a Madrid para apoyar al bando republicano y se hospedó en la sede de la Alianza de Intelectuales Antifascistas. Escribió una docena de poemas sobre España.

La poesía de Hughes es música. Sencilla como para que yo pueda entenderla, tan cadenciosa como para que encuentre en ella resonancias del blues. He leído poemas como éste, llamado «Fired», que bien podría haber sido cantado por una Bessie Smith:

Awake all night with loving
The bright day caught me
Unawares —asleep.

'Late to work again,'
The boss man said.
'You're fired!'

So I went on back to bed—
And dreamed the sweetest dreams,
With Caledonia's arm
Beneath my head.

· ❄ ·

Brooklynitas. Habitantes de un barrio que ha terminado por convertirse en una marca. Están las calles en las que parece que con más de veintiséis años eres una vieja. Está esa zona en la que pulula la tribu de chicas a lo Lena Dunham, que hace de su estudiada dejadez física e indumentaria su bandera. Están las mamás que han tomado la maternidad como dogma de fe y se entregan a ella como si la acabaran de inventar. Están los escritores que, siempre tolerantes consigo mismos, hacen compatible la idea de que son diferentes por vivir en Brooklyn con el hecho de habitar en la zona en que más literatos hay por metro cuadrado en Estados Unidos. Todos ellos viven en la creencia de habitar en un pueblo, porque aún se puede entrar en un café y pasar la mañana sin que le presionen a uno para que siga consumiendo o se largue. Está la clase trabajadora también, pero se ha ido quedando en los márgenes, porque los nuevos brooklynitas la han ido desplazando. Persiste el viejo Brooklyn en el carácter de sus hileras de casas de piedra roja, que tan asombrosamente resistieron la sacudida de la especulación, pero ya no es aquel barrio de obreros italianos, judíos, irlandeses que soñaban con vivir algún día en Manhattan.

Están los hipsters, por supuesto, pálidos, barbados, carentes de músculo, amantes de la lentitud, ciclistas, medio amish medio pioneros, su estética rescatada de otro tiempo. Adictos a la tecnología Apple, al té verde o matcha, al kale, a la indumentaria de segunda mano o a la ropa nueva que parece vintage, al vinilo, al pollo orgánico o al veganismo. Transitan por una Quinta Avenida alternativa de un barrio que quiere ser ciudad de provincias. Esta noche, recién llegada de otro de mis paseos por Brooklyn, he hecho de pronto una cone-

Rubiela, profesional de la limpieza.

xión reveladora al ver a un ortodoxo frente a un escaparate de Prada. La estética del hipster se inspira en la ortodoxia judía, en los cuáqueros, en los amish. Hay un toque religioso en su barbada palidez.

· ❄ ·

Hoy, día Rubielesco. Viene nuestra profesional de la limpieza. Armada de productos testados para no agredir al medio ambiente. De dónde vendrá nuestra Rubiela. Limpia —o limpiaba, ya se está retirando— apartamentos por todo Nueva York. Trabajó muchos años en el de Jodie Foster, también en el de Bono. Ha visto pasearse a Naomi por todo un apartamento de Central Park West, y a los obreros que trabajaban en el andamio de la fachada pasar el rato con la nariz pegada al cristal ante la indiferencia de la diosa de ébano. Unas casas las dejó por cansancio; otras, porque no aceptaron sus condiciones. Sus condiciones son los productos de limpieza no agresivos, que son más caros, o pedir una subida de veinte dólares en el sueldo después de haber servido diez años en una casa. Los ricos y famosos son desconsiderados aunque no lo saben, tienen a su alrededor una cohorte de intermediarios que les evita la molestia de saber cuáles son las condiciones laborales de los operarios. Es un sistema perverso, porque la propia servidumbre acaba disculpando al señor o a la señora de la casa y culpando a la asistente personal. Lo viví en mis tiempos de televisión, lo sigo observando ahora, en el día a día de amigos que trabajan para estrellas, como Xavi Menós. El mal pagado o el mal tratado siempre acaba achacando su situación a la maldad del capataz, que a su vez cumple a la perfección su labor de hijoputa cuando toca.

Rubiela, de la que intuyo un pasado loco, se refugió en el yoga y en las disciplinas naturales. Una religión como otra cualquiera que mantiene a raya su carácter indómito. Hoy hemos comido juntas. Ella su comida crudo-vegana y yo una pasta que me he preparado. El tema de conversación de hoy ha sido: de cómo un observador-observadora de pájaros, *transgender*, que asistía a sus clases de yoga en un centro cultural lésbico de Queens, le tiró los tejos. La historia ha sido larga y jugosa y ahí estaba yo, acariciando cada detalle como el gato que marea y acaricia el ratón antes de comérselo. El observador de pájaros, vestido de mujer a la manera de *Tootsie*, se encandiló con Rubiela, y la invitó una mañana de domingo a esa zona salvaje de Central Park, North Woods, donde los *birdwatchers*, armados de paciencia y con prismáticos, permanecen horas, habitualmente sentados en parejas, esperando la aparición milagrosa de un pájaro exótico. Hay incluso un documental, *Birders: The Central Park Effect*, en el que se cuenta cómo la afición de mirar pájaros cambió la vida de unas cuantas personas. Estaba claro que la amiga de Rubiela no buscaba solamente una compañera para observar pajaritos. Rubiela declinó su invitación, y la alumna comenzó a acudir a las clases de yoga cada vez más abandonada físicamente, transformándose poco a poco en el señor poco aseado que debía de ser cuando era padre de familia. Un día, desapareció y nunca más se supo.

Hoy me dice de pronto: «Oye, mira, que te quería preguntar, ¿por qué Antonio ahora se arregla tanto para ir a la universidad?». Tremenda. Yo le he contestado: «Porque le obligo». Y ahí hemos dado por zanjado el tema. Las conversaciones con ella siempre están a punto de deslizarse por el terreno sexual.

Hoy venía con cresta. Estilo francés, dice que se llama.

· ❄ ·

Ayer volví a Barneys. Conozco a Julian Tepper, el camarero-novelista, desde hace años. Siempre amplía su historia con un giro sorprendente. Escribió una primera novela cómica, *Balls*, de título audaz, sobre un hombre que padece cáncer de testículos. Un día apareció por allí Philip Roth, asiduo a los huevos revueltos del Barneys cuando viene a Nueva York, y Tepper se armó de valor y le habló de su novela. Roth le celebró el título, pero luego le aconsejó que dejara la escritura, que este oficio no daba más que para una vida de mierda en la que uno jamás estaba satisfecho y que no proporcionaba ninguna paz de espíritu.

—Yo ya no pienso escribir más —dijo Roth.

El amigo Julian escribió este diálogo en un blog y el texto se hizo viral. Se reprodujo en periódicos como *The Guardian*, y Julian apareció en varias entrevistas. Ahora va camino de publicar su segunda novela. Le pregunto si es compatible ser camarero y escritor y me dice, con ironía, que sí, que a él le ordena la vida y le deja la tarde entera para la escritura. La particularidad de Barneys, entre otras muchas, es que sólo está abierto hasta las cuatro. Julian es un tío alegre. Es probable que en España un escritor que se viera tantos años trabajando de camarero se pasaría el día maldiciendo. Ésta es otra cultura. Tampoco el oficio de novelista goza de tanto

prestigio. Pero Julian es lo menos parecido a un fracasado en el mundo literario; me dice que tengo que conocer The Oracle Club, una especie de centro, hogar, refugio para creadores que ha montado con su novia en Long Island City, y que aparece como un lugar de cierto prestigio en algunas revistas culturales.

Me cuenta Julian, por vez primera, que su padre fue un músico pop muy popular en los ochenta. Su canción más conocida era aquella de *No Easy Way Out*. Dios mío, la banda sonora de *Rocky IV*. Tepper *senior*, el popero tecno de grandes hombreras, hizo una gira por España como una estrella, amó nuestro país, y contagió al joven Julian el deseo de visitarlo alguna vez. «¡Tengo que ir!», dice Julian, y me da un beso de despedida. ¿Estoy en Nueva York?

· ❄ ·

Por la noche (hablamos de las siete de la tarde) hemos ido al Carnegie Hall, a escuchar un precioso programa (Shostakovich, Beethoven, Stravinsky) dirigido por nuestro amigo granadino Pablo Heras-Casado. Pablo dirige la orquesta de St. Luke's y es todo un talento. Cuando actúa en Nueva York nos llama. El Carnegie es tan grande como cálido, su arquitectura no resulta apabullante, debe de ser el color *beige* de las paredes, el terciopelo rojo de las butacas y también un público en absoluto pretencioso o estirado. Conozco aficionados a la música clásica que abominan del público americano. Detestan que aplaudan cuando no deben, que lean los programas durante el concierto, que hagan un ruido constante desenvolviendo caramelos y que desalojen a

La elegancia es contagiosa. Ella sola ennoblece esta escena.

toda prisa el teatro cuando suena la última nota porque han reservado en el restaurante de enfrente, o porque les molesta no salir los primeros. Todo es cierto, pero a mí, que me siento como una intrusa en el club de los abonados a la música clásica, me hace gracia y me tranquiliza ese desparpajo.

En nuestro palco había una señora asiática, bella y elegante, que ha sacado de un estuchito unos prismáticos; su distinguida estampa me ha recordado un cuadro de Mary Stevenson Cassatt. Una mujer elegante concentra nuestra atención y embellece una escena, difuminando la vulgaridad de los que la rodean.

Al terminar hemos ido a un pequeño cóctel que ofrecía la orquesta en un salón del Carnegie. Ahí estaba Pablo, siempre sonriente, con esa cara de niño y esos rizos rebeldes que le tapan la frente. Nos ha dado un abrazo *achuchao*. Y nos ha presentado a su novia, la célebre Anne Igartiburu, mucho más guapa en persona que en pantalla, presentadora de una crónica rosa cursi e inocua, a la antigua usanza, que no intoxica ni echa mierda sobre el mundo, que recuerda a aquellos reportajes celebratorios del *¡Hola!*, que hacían que las señoras envidiaran un tipo de vida de ensueño, falsa sin duda, pero inocente. Cada vez que vuelvo a España después de mi medio año fuera tengo la sensación de que ese universo abyecto del cotilleo televisivo berlusconiano ha contagiado con sus maneras el terreno del periodismo, de la cultura incluso. No sólo porque se dé pábulo a personajes que carecen de interés, salvo por su mera condición de famosos sin otro oficio conocido, sino porque el lenguaje de inquina, impúdico y agresivo de esos programas se cuela en el habla de la gente como una infección.

Hay mujeres de otra época en las calles de Manhattan.
Si no fuera por el móvil parecería un fantasma.

· ❄ ·

En uno de esos días de neblina fluvial, anticipo tolerable de lo que será la humedad del verano, me encamino hacia el Cervantes como tantas otras veces hiciera cuando Antonio fue director del centro, de 2004 a 2006. Sólo fueron dos años, casi diez han pasado y desde 2010 es profesor en NYU, pero algunas lenguas venenosas han tenido la habilidad de extender la idea de que, de alguna manera, honorífica o qué sé yo, sigue siéndolo, y aún hoy, personas que tengo por mínimamente informadas me preguntan cómo le va a Antonio con el dichoso Cervantes.

· ❄ ·

Un cuarenta por ciento de los presos americanos tienen problemas mentales. La relación entre locura y mendicidad salta a la vista. Y de ahí a tener un problema con la policía sólo hay un paso. Si un pobre desgraciado comete tres delitos, por menores que sean, podrá verse enfrentado a la cadena perpetua. Las cárceles están llenas de seres extraviados, de mendigos perturbados, y en muchos casos personas de avanzada edad. Allí se hacen viejos, allí mueren. En la tristemente célebre cárcel de Attica hay todavía tumbas numeradas de los presos a los que nadie fue a visitar y por los que nadie rezó una oración cuando murieron.

Homeless hay en todas las ciudades, pero aquí se los ve tan perdidos, tan ajenos al ciudadano integrado, que se diría que hay un tipo de loco sin hogar propio de Manhattan. Viven ignorados por el resto de los seres humanos. Es aconsejable

Subway

esquivar su mirada para no invitarlos a la cercanía. La profilaxis del nulo contacto visual es el mejor escudo de protección de los neoyorquinos. En el metro los pasajeros cambian de vagón: desprenden un olor insoportable, visten con capas de ropa amarronada por la suciedad y el tiempo; parecen mendigos de otro siglo, con los ojos enajenados de los pobres de Goya. Esa vestimenta que acumula suciedad y hedor es su casa, la llevan a cuestas en invierno y en verano. A veces se mean en el vagón, a tu lado, como si no registraran tu presencia, murmuran cosas que nadie entiende, beben restos de café que han sacado de las papeleras y duermen tumbados en los asientos.

Hay, a pesar de la precariedad extrema en la que viven y en su indefinible perturbación, algo soberano e incorruptible, una voluntad infranqueable de ser ellos mismos. Es la excentricidad que comparten con algunos ricos, tal vez poseídos por el tipo de locura que provoca esta ciudad. Richard Avedon, que retrató a los mendigos como si fueran filósofos, sabría verlo.

· ❄ ·

He llevado esta noche a Antonio a Harlem, y digo que lo he llevado porque primero soy yo quien brujulea e investiga y luego disfruto enseñándole lugares que he descubierto. Fuimos a la taberna The Edge, tomamos unas tapas estupendas y luego nos metimos en un antro donde tocaban una especie de jazz-funky. Por fuera nos pareció tranquilo, pero a los cinco minutos de estar acodados en la barra comenzó a llenarse de clientes habituales, gente del barrio, de todas las edades, que saludaban familiarmente al anciano negro de la puerta. El anciano, un negro enjuto con sombrero, gafas oscuras de espejo, un bigotito a lo David Niven y la dentadura postiza más resplandeciente que he visto en mi vida, me cedió su propio taburete en la entrada. Con su traje mil rayas y el pañuelito de lunares saliendo del bolsillo de la americana, tenía las maneras aristocráticas de los encargados de los clubes de otro tiempo, a pesar de la humildad del local.

En Harlem sube el nivel de espontaneidad y de calidez. En realidad, es la isla de Manhattan lo que acumula la mayor dosis de tensión y todo el porcentaje de esnobismo de la ciudad. A pesar de que Harlem poco a poco se va inundando de locales de moda, mantiene todavía sus reservas de autenticidad. Ahí está el difícil equilibrio entre hacer que un barrio prospere y que mantenga su identidad.

A un lado de la barra había uno de esos recipientes metálicos de los *buffets* de comida; de vez en cuando, los habituales se acercaban, lo abrían y llenaban un plato de plástico de pollo frito. Pollo para comer con las manos en la barra de un bar de jazz.

Cuando nos fuimos, el anciano anfitrión nos invitó a que volviéramos y nos dio el tarjetón del local consistente en un primer plano suyo vestido tal cual iba esta noche y supongo que todas. Paris Blues, se llama el antro.

· ❄ ·

Pero no sólo están abiertos los clubes de jazz en Harlem, no sólo los restaurantes elegantes, no sólo los pequeños antros de barra, música y abarrotamiento festivo, no sólo los *grocery* que atraen a una chavalería que hace algo parecido al botellón y que pasan o pierden la vida amontonados en una esquina, sin estudios ni trabajo ni futuro, no sólo los *diner* o las cafeterías modestas, también están de guardia nocturna, aunque parezca mentira, las peluquerías donde manos expertas alisan durante horas los rizos de las negras o les esculpen esos moños prodigiosos que parecen esculturas, tiesos y moldeados en laca para que duren semanas o incluso meses, y las lavanderías, para aquellos que no encuentran otro momento para hacer la colada que el sábado por la noche. Cuando hablan de la ciudad que jamás echa el cierre deben de referirse a las flores que pueden comprarse a cualquier hora, pero también a las horas nocturnas que el trabajador ha de robarle al sueño para cuidar un poco de sí mismo.

· ❄ ·

Mark Shanker es uno de los indefinibles amigos de Antonio. Se conocieron porque Mark revoloteaba por los actos del Cervantes, movido por un sentimiento de pertenencia a la España de la que fueron expulsados sus ancestros. Mark trabajó durante toda su vida en un sindicato, y ahora, de jubilado, es artista. Así se define. Hace extraños dibujos que parecen garabatos de un niño de preescolar, y hombrecillos con el sombrero de Lincoln recorren el papel reciclado o los cartones o las páginas de periódico. Se pasa cinco horas al día en su taller, cinco horas en las que, además de crear, está a disposición de Tucker, su loro.

Tucker le exige que le lleve un rato junto a la ventana; Tucker, con resueltos empujones, le recuerda a Mark que se tome las medicinas; Tucker reclama su comida; Tucker no

Tucker nos saluda jaleado por Mark, su amo y amigo.

quiere que Mark se salte su severa rutina de jubilado hacendoso.

Mark vive con su mujer, Edwina, y con Tucker en Inwood, un barrio tan al norte de Manhattan que ya está a punto de dejar de ser ciudad. Inwood se llama, porque en vez de un parque goza de un bosque salvaje que no ha sido tocado por la mano del hombre desde hace trescientos años. Mark dice que el verano pasado estuvo contemplando durante media hora a un coyote que andaba debajo de su ventana al anochecer. Los coyotes se están acercando a Manhattan. Los coyotes, los mapaches, los halcones, la vida salvaje busca refugio en los parques de Nueva York.

El apartamento de los Shanker tiene un aire folk, sillas de madera rústicas, tapices bordados, la voz de Joni Mitchell sonando, todo característico de las personas que vivieron su juventud en una época más reivindicativa que la presente. Viejos progres, para entendernos.

Anoche era el cumpleaños de Tucker. Treinta años. Los loros suelen vivir unos setenta años. Mark ha escrito en su testamento la residencia donde debe ser enviado Tucker una vez que ellos no estén.

Lo extraordinario es que, como si formáramos parte de esta peculiar familia, estábamos allí, invitados a tan íntima celebración. Al terminar la cena, Edwina, Mark y yo nos pusimos alrededor de la jaula y cantamos el *Happy Birthday*. Antonio estaba en el baño escuchándonos, *Happy birthday, dear Tucker*, y no salió hasta que la canción se terminó. Pudores de hombre español. Luego me dijo que se me oía cantar como una más. Desde luego, como una más.

· ❄ ·

Hoy estuve en DUMBO, Down Under the Manhattan Bridge Overpass, almorzando con Dave. Dave fue profesor mío de conversación en el primer invierno en la ciudad. Él no era profesor, sino un estudiante de Columbia que quería sacarse un dinero, y yo no era una alumna aplicada, así que enseguida nos hicimos amigos. Dave tenía entonces veintiséis años y yo cuarenta y dos. Le propuse que me llevara a sitios curiosos de Manhattan en vez de dar las clases en casa; quería aprovechar la circunstancia de tener un profesor auténticamente neoyorquino, de madre judía y padre italiano, criado en el Upper West, residente luego en el East, conocedor de todos los tics, lugares comunes y costumbres que caracterizan la vida de un neoyorquino de clase media.

Entonces vivíamos en el East, así que los jueves, después de escribir mi artículo, tomaba un taxi y cruzaba Central Park para encontrarme con él. Me enseñó el Tom's de «Seinfeld», también fue él quien me introdujo en el universo de mi querido Barneys, y una taberna maravillosa en el Village, Chumley's, a la que iban los escritores allá por los treinta, y que cerró al año, víctima de la presión brutal de los alquileres. Dave ya no es ese joven que soñaba un futuro como periodista. Trabaja en el sector inmobiliario, se casó, tiene una hija y espera otra. Me ha citado en DUMBO porque su empresa desarrolla sus negocios por esa zona, que se ha convertido en el paraíso del lujo alternativo.

Hablamos del apego familiar, algo tan básico para un español y tan traumático y complicado casi siempre para un

Si no fuera por la obsesiva desconfianza de los padres observaría de cerca los juegos de los niños.

americano. Mi teoría, tras once años aquí, es que se desvinculan tan pronto del hogar de los padres, a los diecisiete años, que su memoria se queda fijada en los traumas infantiles. El hecho de que nosotros mantengamos una relación permanente con nuestros padres y nuestros hijos hace que la relación se vaya modificando y adecuando a cada edad. Mi madre murió cuando yo tenía dieciséis años, así que, de alguna manera, he vivido siempre con angustia el no haber podido ajustar mis cuentas pendientes con ella como hace cualquier hija adulta. En mi caso, la ruptura fue inevitable, pero aquí se trata de una cuestión cultural: hay que saber ser autosuficiente. Y sí, son fuertes, forzosa y orgullosamente individualistas, hasta que tienes a alguien enfrente, le miras a los ojos, inicias una conversación más íntima y adviertes la herida, que nunca se cierra.

Me pregunto qué tipo de mujer creerá que soy, porque me conoció nada más llegar a esta ciudad, cuando yo estaba dispuesta a pagar comidas a un profesor de inglés para tener compañía, alguien con quien hablar en una lengua en la que, para colmo, me sentía muy perdida. Aun habiendo adquirido cierta pericia, la barrera del idioma me impide ser lo perspicaz que creo ser en español para expresar quién soy como me gustaría. Dave es un hombre ya, algo sarcástico, con un toque de melancolía que no creo que esté a la vista de sus amigos aunque hablen el mismo idioma. Yo creo apreciar que a pesar de todo lo que ha conseguido guarda una reserva, la de quien no ha logrado cumplir un sueño juvenil, pero tal vez ese sentimiento de carencia esté inscrito en el corazón de todo americano.

Tras la obligada ensalada de *kale* —«estamos en Brooklyn», dice él—, una cerveza del barrio y un sándwich, nos acercamos a ver el puente desde abajo. Nada comparable a la belleza del engranaje de una gran obra de ingeniería. En 1884, un año después de su construcción, el circo de Barnum se ofreció a prestar su manada de elefantes para que cruzaran el puente y demostrar a los neoyorquinos que el paso era seguro. El *New Yorker* dedicó en 2004 una portada magistral que ilustraba aquel paseo de los elefantes circenses. Quiero creer que uno de aquellos elefantes del Barnum es el del cartel antiguo que compramos y que hoy adorna el estudio.

· ❄ ·

Antonio visitó un instituto del Bronx para explicarles a los estudiantes *Las bodas de Fígaro*. La tarde siguiente los acompañó a la ópera. Los chicos se quisieron sacar una foto con ese profesor ocasional que trató de acercar a su terreno una historia y una música muy lejanas de su realidad. Miro ahora la foto y me transmite muchas cosas, me conmueve. Es transparente. Se ve la cara de felicidad de los chicos y también se aprecia la bondad y la generosidad del profesor. Fue Paula Deitz, la directora de la revista *The Hudson Review*, quien le pidió a Antonio esta colaboración con un instituto humilde del Bronx.

Yo he asistido a alguna de las clases de Creative Writing que Antonio da en NYU; he escuchado algunas de sus conferencias sobre arte o música; he visto cómo le respetan sus alumnos de la universidad, porque aprecian la manera dulce en que los empuja a avanzar en sus proyectos literarios; también le escucho hablar con su madre cada domingo de los libros que ella muy concienzudamente lee, *Madame Bovary*,

El profesor junto a sus alumnos ocasionales de un instituto del Bronx.
En la Juilliard School of Music.

La Regenta, *El Quijote*; habla con ella centrándose en el comportamiento de los personajes y la escucha, escucha cómo su madre se indigna con las traiciones de unos y la infelicidad de otras, la toma en serio intelectualmente y echan un buen rato comentando lo que le ha pasado a ésta o al otro; he visto cómo, sin que nadie se lo pidiera, ayudaba a hacer los deberes a Omar, el niño de una guineana que limpiaba en casa, que era listo pero iba muy atrasado en los estudios; he sido testigo de la paciencia con que llevaba a nuestros niños a los museos y les explicaba los cuadros, aunque éstos estuvieran distraídos y se les notara impacientes porque llegara el esperado momento de comprar un souvenir baratuno de aquello que les estaba interesando tan poco; he observado cómo ayudaba a Miguel en la lectura de *El Quijote*, o en la pronunciación del francés, y cómo pasaba tiempo con Elena corrigiéndole un trabajo. Veo cómo se amolda a los conocimientos del otro y, sean éstos sofisticados o primarios, aporta su conocimiento con consideración, sin abrumar ni humillar jamás.

Pienso, viendo esta foto, que debería haber un Muñoz Molina en cada instituto, en la Facultad de Historia del Arte, en la de Filología, en el Conservatorio. Su capacidad pedagógica es innata y tiene mucho que ver con sus orígenes humildes y con el respeto con que siempre ha tratado a aquellos adultos a los que fue superando en conocimientos casi desde que era niño.

Veo cómo ese muchacho del Bronx le pasa la mano por encima del hombro y me conmuevo, porque sé de sobra los buenos recuerdos que habrá dejado tras su paso por las aulas. Hay que aprender de quien siempre ha sido discreto, generoso, de quien comparte sin reservas lo que sabe, huye de la pedantería y no alardea de sus logros. Al escritor joven le fascinan los novelistas airados, los vanidosos, los arrogantes, los crueles. También al crítico. Lo sé. Pero en este presente que nos ha convertido a todos en promotores de nuestro supuesto talento se agradece que haya alguien que disfruta compartiendo lo que sabe con los demás.

· ❄ ·

Hemos cenado en The Monkey Bar con el amigo Fernando Vallespín, el amigo, además de politólogo, con el que vamos a compartir panel mañana en el Cervantes para hablar sobre la situación española. Nos gusta traer a los visitantes a este sitio, decorado con unos grandes murales del neoyorquino Edward Sorel, dibujante satírico, diseñador, historietista en *Vanity Fair* y en *The Atlantic*. En el enorme fresco que decora el salón, Sorel resume la vida nocturna de la ciudad entre las dos guerras e incluye en una abarrotada escena a los personajes que la protagonizaron. Cada vez que venimos reconocemos a alguien nuevo: Tennessee Williams (que vivía en el hotel en el que está situado el restaurante), Ella Fitzgerald, Langston Hughes (de nuevo, nuestro amigo poeta), Fats Waller, Scott y Zelda Fitzgerald, Fred Astaire, Ernest Hemingway. Dicen que éste es uno de los sitios de moda para tomar cócteles en Nueva York, pero no lo he percibido así, siempre se encuentra mesa y las noches entre semana son tranquilas, aunque en la sección de celebridades del *Times* haya visto fotografiados en más de una ocasión a la señora Clooney, saliendo del bar seguida de George Clooney, y el pie de foto obligado que daba cuenta del diseñador que vestía esa noche a la activista de los derechos humanos.

Coordinamos la mesa del día siguiente. Antonio se resistía a participar porque con mucho juicio decía que no somos expertos, pero yo lo convencí, no porque me apeteciera sino por hacerle un favor a Ignacio, el director, que no tiene un duro para organizar nada y nosotros le salimos gratis. Así están las cosas. Como siempre, me pierde mi buena disposición. El lado alegre del asunto es que le tengo mucho cariño a Fernando y dentro de la retórica académica, que aunque ahora se haya puesto de moda por proceder los líderes de Podemos de la universidad puede ser soporífera y ajena, es el profesor que con más claridad y menos arrogancia se expresa en sus artículos. Conocí a Fernando en 2008, tras la victoria de Obama, en una mesa redonda y me divirtió mucho esa mezcla de erudición e ironía que impregna todo lo que cuenta. Fernando es una suerte de Colin Firth, grandón, atractivo y, sin embargo, con ese característico aire de desamparo que provoca de inmediato la simpatía femenina.

Dejamos a Fernando camino de su hotel y echamos a andar Madison arriba. Lo realmente bueno de los americanos es el escaparatismo. No hay nada más gozoso ahora mismo en Nueva York que darse un paseo por Madison o la Quinta para distraerse y soñar mirando los escaparates de los grandes almacenes. Los ventanales de Saks están llenos de flores, una locura, rosas, gardenias, petunias, la primavera construida tras los cristales para consuelo de aquellas mujeres que jamás podrán comprar nada de lo que allí se exhibe. Una belleza artificiosa, barroca, impactante.

Mirando los dibujos de Alex Katz en Barneys.

Los escaparates de Barneys han sido decorados esta primavera con dibujos de Alex Katz. Sus figuras resplandecen en la noche, mientras en la paralela Quinta Avenida las celebridades de turno hacen el paseíllo en la alfombra roja del Metropolitan Museum a vienticinco mil dólares la cena. Todas ellas a la altura de la sargenta Wintour, todas asombrosamente horteras. Poco importan los diseñadores que las visten ni las joyas que les han prestado: horteras. Se ha perdido la elegancia, ya sólo cuenta la enumeración de firmas. Son grullas, aves zancudas vestidas con disfraces que en absoluto realzan la belleza femenina, más bien la sepultan.

Mientras, nosotros paseamos por la solitaria Madison, con el sosiego que provoca la buena temperatura recién estrenada y la calle medio a oscuras, en la que charlan, apoyados en cochazos negros, los chóferes y los guardaespaldas de toda esa tribu. Un ratón aristocrático nos sale al paso y las mujeres de Katz, siempre sofisticadas, iluminan la calle. Ada Katz se distingue entre todas las mujeres del pintor: es la menos juvenil y siempre la más bella.

· ❄ ·

Si tuviera que elegir una esquina en esta ciudad, como hacía el personaje de Harvey Keitel en *Smoke* cuando fotografiaba la que consideraba su esquina en el mundo, sería sin duda esta de la 107 con West End. Aquí vivimos cuatro años, en un pequeño apartamento interior que daba a un patio encantador, con un gran árbol en medio, y con escalera de incendios a la que nunca salí a cantar *Moon River*. Era oscuro, pero muy urbano, un verdadero refugio, una gua-

Jimmy, el bondadoso sereno de la 107.

rida caliente, la casa del actor, como la llamó Javier Cámara, por haber sido habitada algún que otro mes por Irene Escolar, Martín Rivas o Álex González. Un escondrijo que te gustaba aún más si habías visto muchas películas. Este tramo de calle curvado que desemboca en el Riverside Park fue elegido por los lectores del *New York Times* como el más bonito de Manhattan. Nunca lo hubiera pensado, para mí tenía la belleza de lo recoleto, de lo no evidente: una sucesión de casas de no más de tres pisos, desiguales, viejas y adornadas con pobres faroles, en las que nunca repararías si no fuera porque vives en alguna de ellas; porque aquel tramo de la 107 era un camino a ninguna parte. Pero los habitantes del Upper West, furiosos lectores de su periódico, votaron en masa para defender la candidatura de esta callecilla menor.

A media tarde, esté helando o haga un calor irrespirable, el bueno de Jimmy vigila la seguridad de la calle. Era nuestro sereno, y ahora, cuando pasamos por el viejo tramo, que está a la vuelta del nuevo apartamento, se acerca a darnos un abrazo. No sé si son muchos los vecinos que se dejan abrazar por él.

Jimmy es del Bronx, a veces enseña una foto de carné de cuando tenía diecisiete años y parece uno de los Jackson Five, con el pelo a lo afro. Es un hombre grande que se mueve torpemente. Tiene cara de niño y cuerpo cascado de viejo. El año pasado le pilló un coche en esta esquina de la 107 en la que ha habido varios atropellos y meses más tarde, cuando comenzó a recuperarse, le tuvieron que operar del corazón. Jimmy sonríe siempre pero no puede con su alma. En invierno se cobija por la noche en uno de los portales, pero si te ve pasar sale corriendo a charlar contigo. Es un pobre infeliz, un hombre de mente infantil, muy afectuoso. Algunos vecinos se quejaban de que hablaba muy alto y molestaba. Para mí era una delicia salir de casa y que me hiciera un requiebro, qué guapa vas, qué bonitos zapatos, qué encantadora.

No sabemos nada de su vida, de cómo será el piso al que se marcha de madrugada. No parece que tenga familia, ni mujer. Le seguimos dejando la propina navideña. Parece un personaje de William Faulkner trasladado del sur de *El ruido y la furia* a esta esquina que es más suya que de nadie.

· ❄ ·

Actué de moderadora en el acto. No lo hice mal. No es fácil servir en bandeja asuntos para que los invitados puedan brillar. Siempre me ha gustado esa tarea, por mi pasado en la radio, aunque sea la menos agradecida. Pero luego está mi orgullo: no quiero ser menos que dos hombres por muy brillantes que éstos sean. El público tiende, inconscientemente, a otorgar más autoridad a las voces masculinas. A mí llevan años diciéndome que me sé rodear. Que me sé rodear. Como si mi gran mérito consistiera en eso, en rodearme de hombres inteligentes. Cuando el comentario viene de una mujer me parece inconcebible; cuando viene de un hombre, un piropo muy poco afortunado. Pero no puede una molestarse abiertamente por un comentario que ni el que lo hace sabe que está ofendiendo. Pero ofende.

Tras el acto cenamos en The Palm, uno de los viejos establecimientos de Nueva York. Estaría dentro de una categoría que me acabo de inventar: los restaurantes testosterónicos. Mucha carne —aquí la especialidad es el *New York strip steak*, patatas fritas o en puré, grandes birras— y mucho hombretón de mofletes sonrosados a punto de estallar la camisa blanca de oficina. En las paredes, infinidad de retratos de actores, periodistas y gente popular de la vida neoyorquina que han dado carácter al local desde hace casi un siglo. Éste es el bar al que vendría Lou Grant, aquel rocoso periodista interpretado por un característico, el áspero tierno Ed Asner. Lou Grant llevaba el periodismo en sus venas. Era el redactor jefe íntegro, entregado a su oficio, buscador de la verdad, con sensibilidad para los temas sociales, perdedor en su vida privada. Ver esa serie cuando eras joven te inoculaba un veneno: pensabas que el oficio te destinaba a una vida así, a una redacción así, a un bar como The Palm. Por suerte, algo caté de aquel ambiente; comencé a trabajar cuando las empresas periodísticas eran más paternalistas y eso favorecía la presencia de personajes diletantes, curiosos, algo inútiles pero curiosos. También creíamos en el periodismo y en hacernos una carrera en él. Ahora se respira un aire de desesperanza.

· ❄ ·

Cenamos con Norman Manea, el escritor rumano, y Cella, su mujer, en el Fiorello's. Él es afectuoso e irónico; a ella, cariñosa también, se le aprecia un fondo de melancolía. Tal vez el vacío de no haber tenido hijos y atender como único niño al hombre que se va haciendo viejo. Los exiliados, los que emigran, siempre soportan mejor el desarraigo con hijos. Ellos salieron de la Rumanía comunista en el 86 y, finalmente, encontraron en Estados Unidos una segunda patria. Nor-

Antonio con el gran Norman Manea.

man se resistió muchos años a abandonar su país a pesar de la persecución política porque no quería quedarse sin el sonido de su lengua. Lo entiendo. El alimento del escritor es el habla de la calle. No se trata de mantener una conversación, eso acaba siendo posible para cualquiera, sino de entender esas frases que se pierden a tu alrededor mientras paseas, lo que se cuentan dos viajeros en el metro, el matiz de las palabras de los desconocidos. Por mucho que se domine una segunda lengua, el escritor siempre será un exiliado, sufrirá a diario la impotencia de no poder captar las sutilezas idiomáticas de un nuevo país.

Norman y Cella se adaptaron a este país, y tienen una actitud de agradecimiento hacia Estados Unidos, pero el exilio rompe las vidas para siempre. Jamás resultará chocante su soledad en Nueva York porque ésta es una ciudad de orgullosos solitarios, pero sí lo ha de ser íntimamente para ellos, que son rumanos, o lo sería para nosotros, españoles. A Norman y a Cella les gusta beber, comer, charlar de literatura, hablar de los grandes, de Saul Bellow, por ejemplo, al que Norman hizo una larga y memorable entrevista disponible en la red y en la que es posible disfrutar de eso que llaman humor judío. Saul Bellow, lleno de encanto, y Norman preguntándole, con ese humor pícaro tan suyo. El escritor rumano y el americano de Chicago unidos por una cultura, emanada por la religión, que ha internacionalizado su humor, hasta el punto de que escritores con una vida tan distinta como Bellow y Manea comparten una ironía que los convierte en hijos de una patria común.

· ❄ ·

Ha llegado Elena, guapa, serena, mujer ya. Va asomando su madurez poco a poco, más tímidamente, imagino, cuando está con nosotros, como suele ocurrir. Asistimos asombrados a la conversación de una hija que, aun pareciéndose a la niña que fue, ya es otra. Conozco muy bien esa lucha de los hermanos pequeños para que de una vez por todas los tomen en serio. Lo viví en primera persona, pero Elena no tiene que hacer mucho esfuerzo por ser escuchada. Ahora se escucha a los hijos desde que son niños, aunque ellos ignoran que son afortunados y que esa atención no era en nuestra niñez frecuente. A mí me hacían caso cuando hacía una gracia, pero no cuando hablaba en serio. Puede que de la necesidad de llamar la atención surgiera la inclinación al humor, que ha sido mi oficio, mi escudo, mi asidero.

En dos años, Elena ha madurado en algunos aspectos más que sus hermanos, y de alguna manera se ha convertido en receptora de confidencias. Se entera de todo, cuenta y calla a partes iguales, maneja la comedia familiar como nadie.

Yo me alegro de disfrutar de un elemento femenino en casa. Esa naturalidad con que las mujeres entramos y salimos de los aspectos frívolos, sin por ello dejar a un lado los asuntos fundamentales, me divierte más ahora que antes.

Y, además, ha venido enamorada. *What is this thing called love / this funny thing called love*. Hablemos de lo que hablemos ella se las arregla para nombrarlo. A él. Esa inconsciencia con que la mente enamorada tiene la habilidad de colar en cualquier conversación, trate de lo que trate, el nombre propio de su amor me parece enternecedora. Experimento vicariamente, como dicen aquí, esa colonización del pensamiento. Y percibo, porque reconozco ese estado, la intensidad con que ella disfruta todo lo que ve, estando y no estando presente, porque en los momentos iniciales de una relación se vive con el objetivo absoluto de convertir lo vivido en una futura confidencia, y se camina absorta y entregada a una conversación secreta con el amor ausente todo el tiempo.

· ❄ ·

Me despido de Julia Newman hasta el otoño que viene comiendo en el Henry's. Julia lleva años inmersa en un documental sobre el Einstein político y yo me comprometí a donar un dinero en su página de *crowdfunding* pero aún no lo he hecho. Supongo que lo habrá notado, porque ese tema siempre ronda en nuestras comidas, me habla de patrocinadores y de la dificultad de rascar unos dólares por aquí y por allá, y yo me callo medio avergonzada. La razón de no haber puesto aún un dólar en su trabajo no es la tacañería sino la pereza: hay que hacerlo todo a través de una página de internet y siento el temor paralizante de no saber hacerlo y de que mi dinero se pierda en el ciberespacio. Lo voy aplazando. Pero tendré que aportar algo para ese Einstein del que tanto me habla. Ella ha puesto en esa película todos sus ahorros, su vida. Es viuda y no tiene más amor que Einstein, así lo dice.

Me desahogo con ella y le digo que estoy indignada con las maneras de NYU. Antonio se despide y casi nadie ha tenido una palabra cariñosa con él, ni la habitual cena de despedida, nada. ¿Es eso normal aquí, Julia? Me responde que todo el mundo anda muy centrado en sus asuntos. Tal vez

La luz del atardecer que alumbra tantas pinturas de la Escuela del Hudson. La luz húmeda del río que invita a la contemplación.

se refiera sin nombrarlo a que cuando ella estuvo en Madrid tampoco yo le concedí demasiado tiempo. No lo tenía entonces, pero no estuvo bien.

Julia ha sido todos estos años muy generosa conmigo. No hablo de dinero, que aquí siempre se dividen las cuentas del restaurante, sino con el tiempo, que en esta ciudad se mide tanto como los dólares. Julia y yo comemos juntas una vez a la semana por los restaurantes del barrio. Habitualmente, yo pregunto y ella cuenta. Me encanta escucharla. Tiene el acento claro de las personas cultivadas de Nueva York, y eso me permite hacerme con la música de la lengua. Yo pregunto y su historia va surgiendo: la infancia de niña judía en Brooklyn, el suicidio de su hermana artista, sus amores, un amante, su marido, que la dejó viuda hace dos años. A través de sus palabras he podido captar las inquietudes de una mujer madura e interesada por la cultura de esta ciudad. Los descendientes de judíos serían lo más parecido a los europeos. He encontrado una frase de un personaje de la novelista vienesa Hilde Spiel. Encontrándose en una reunión de exiliados en el Upper West de los años cuarenta, este judío dice:

«No tengo nada contra América. Sólo que no vivimos en ella. América es Pittsburgh, y los pantanos de Louisiana, y los campos de maíz de Kentucky, y la bahía de Monterrey. Ni siquiera tiene (América) el encanto inglés de Boston o Washington. Pero menos que nada, y no tendría que decíroslo a vosotros, es Nueva York. Alguien, no sé ni siquiera su nombre, dijo que era una ciudad europea de ningún país en particular. La verdad es que ninguno de vosotros habéis abandonado nunca Europa».

Si Nueva York es ahora la ciudad cedida a las grandes fortunas, todavía quedan neoyorquinos como Julia para contarte cómo era este Upper West cuando ella llegó a finales de los setenta y estaba invadido por la droga, la mendicidad, la delincuencia. Dice que cuando sus padres vieron el lugar donde se había comprado el apartamento se echaron a llorar. Me acordé del capítulo de «Mad Men» en el que vemos a Peggy Olson, la chica de Brooklyn, instalándose en este mismo barrio cuando era tan conflictivo y lumpen como cuenta mi amiga. Julia también trabajó muy jovencita en publicidad, como Peggy. He tenido que insistirle mucho para que vea una serie que, dice, sólo le puede traer malos recuerdos, porque detestaba aquel ambiente.

Ahora, tantos años después, y sola, puede contemplar desde los ventanales de su apartamento hoy revalorizado el atardecer ardiente sobre el Hudson, satisfecha de haber acertado con la elección. Puede que Peggy piense lo mismo, si es que resistió la dureza de la época y continúa viviendo en su apartamento de la Setenta y tantos. Peggy, destinada al éxito profesional y a la soltería, andará ahora cerca de los ochenta.

· ❄ ·

Íbamos ayer en el metro Antonio, Elena y yo para ver atardecer a orillas del East River, en DUMBO.

Una chica bastante guapa que iba sentada a mi lado me preguntó si éramos españoles. Le dije que sí. Entonces, comenzó a hablar español con mucha soltura, con un ligero acento neoyorquino cálido y cantarín. Me dijo que había estado un año trabajando en Jaén como profesora de español.

—¿En Jaén?

—Sí, sí, estoy enamorada de Jaén. Me gusta más Jaén que Nueva York.

—Vaya, ésta sí que va a ser la frase del día: «Me gusta más Jaén que Nueva York».

—Mis amigos españoles alucinaban cuando les decía que prefería vivir en Jaén. Pero sin duda alguna me iría ahora mismo a Jaén.

—Díselo a él —le dije señalando a Antonio que estaba sentado enfrente—, que es de Jaén.

—¿De verdad eres de Jaén?

—De Úbeda —dijo Antonio.

—Úbeda sí que es preciosa —añado yo.

—Sí, sí, pero yo prefiero Jaén.

Nos reímos todos.

—Pues él es el escritor más famoso de Jaén.

—¿Ah, sí?

—¿Cómo se llama?

—Muñoz Molina.

—¿*Munos* Molina? Ah, luego lo busco en Google.

—Ya verás, ya verás.

—¡Qué alegría encontrarme con unos españoles y de Jaén! Cuando lo cuente...

—Mira, te doy mi dirección de correo por si vuelves a España y pasas por Madrid... O por Jaén.

Ella saca una libreta del bolso. Es guapa, de sonrisa franca, encantadora.

—Apunta, es elindo...

—¿elindo? ¿Quieres decir Elvira Lindo?

—Sí, Elvira Lindo.

—*Oh, my Gosh! Are you...? Oh my God! I can't believe it! Manolito! You!*

—Sí, sí.

—Mis libros favoritos. Me compré tres en mi último viaje a España. *Oh...* Pero esto es increíble. Lo sabía, sabía que alguna vez en mi vida me encontraría contigo, pero nunca pensé que fuera aquí. Y ahora resulta que me monto en el metro y estoy sentada al lado de... *Oh, my...!* He aprendido tanto español con esos libros. Nadie se lo va a creer. Cuando lo cuente...

—Cuando lo cuente yo...

La ciudad subterránea nunca decepciona.

· ❄ ·

Esta mañana tuve una reunión con Ignacio, el director del Cervantes. Le he propuesto hacer una exposición de fotos con obras de cuatro fotógrafos españoles que viven desde hace tiempo en Nueva York y la conocen muy bien. Nueva York vista por residentes españoles. *New York, just for the brave.* Sólo para valientes. Yo no saco ningún beneficio, salvo promocionar el talento ajeno, con el que me siento más segura que con el propio. Con total sinceridad le digo al director: «Como en España estamos acostumbrados a la marrullería y al tráfico de influencias, cuando una persona va a una institución del Estado con un proyecto bajo el brazo y movida únicamente por el entusiasmo imagino que será difícil de creer». Sé de lo que hablo. Los pobres directores de los institutos Cervantes, contando con un presupuesto ridículo, tienen presiones continuas del gobierno de turno para colar amigos, políticos, conocidos... Espero que la exposición salga adelante. Creo que puede ser revelador que los fotógrafos que viven aquí, tan paradójicamente poco visibles, vean considerado su trabajo.

A partir de ahora soy su comisaria.

Por supuesto, nos buscaremos la vida en cuanto al dinero.

Después de la reunión eché a andar. Mi vicio, mi pasión, mi pérdida de tiempo. Había quedado en el Meat Packing con Elena, así que me crucé la ciudad de este a oeste. Qué alegría callejear a esas horas en las que Midtown hierve entre el personal de las oficinas, los repartidores, obreros, puestos de comida, turistas. Todo ligeramente sucio, grisáceo, bullicioso, abarrotado, ruidoso, todo algo ordinario y poco cool pero vivísimo. Echo de menos sentir de vez en cuando ese pulso de la ciudad oficinista, el lugar donde todo se cuece.

Cuando llegamos a casa, tras al almuerzo, me entero de que justo por donde he caminado, la Octava con la 23, y a la misma hora, la policía ha matado a tiros a un perturbado, uno de tantos que lleva años viviendo en refugios para pobres. Andaba el tipo estos días con un martillo agrediendo a gente por la calle.

Por la tarde he quedado con uno de mis cuatro fotógrafos, Fernando Sancho. Fernando es un tipo peculiar al que he ido tomando afecto. Es de Zaragoza, pero lleva trotando por el mundo desde que era un chaval. Se gana la vida haciendo fotos en las fastuosas celebraciones familiares de los ricos neoyorquinos que suelen tener una segunda residencia en Long Island. Bodas, cumpleaños, aniversarios. La gente rica quiere ver su felicidad descrita en imágenes. Y eso es lo que Fernando hace. Aunque como es un gran fotógrafo, las imágenes tienen siempre un giro, un punto de vista muy suyo que las convierte en una reflexión viva de la ostentación. Los ricos de Fernando causan estupor. Hay piscinas enormes, racimos inmensos de globos, niños con antifaces, tartas de cumpleaños que parecen de boda, madres de sonrisa tensa, madres de marca, padres de un rato por la noche. Las imágenes emanan dinero. Hay una visible excitación por mostrar la felicidad. Se ha publicado estos días *Primates of Park Avenue*, la investigación de una antropóloga de nombre sorprendente, Wednesday Martin, sobre la maternidad en Park Avenue. El libro disecciona la vida de estas madres que nadan en tensión y en dinero. Madres que cobran bonus estipulados por el contrato matrimonial según las notas y los éxitos de los hijos. De todo eso es Fernando testigo.

Hoy me ha invitado a la presentación del libro de memorias de la fotógrafa Sally Mann en el Symphony Space. El teatro está lleno de admiradores de esta artista virginiana que fue duramente atacada por ciertos críticos cuando publicó en los primeros noventa una serie de fotos de sus niños en la intimidad salvaje de su granja en Virginia. La desnudez misteriosa de sus hijos llevó a algunos periódicos, como *The Wall Street Journal*, a publicar reseñas insidiosas, acusándola de utilizar a sus propios hijos para acortar el camino al éxito.

No hay mejor prueba para su defensa que aquellas fotos, que hablan por sí mismas, extrañas, profundas, perturbadoras. Obras de arte ya, clásicos de la fotografía. ¡Cómo creer que una madre quiere provocar deseos torcidos con los cuerpos de sus propios hijos! Los críticos aducían que un artista debe ser consciente de las reacciones que su obra va a provo-

Hay ancianas que necesitan toda la acera.

car. Y que no cuenta una confesión posterior de inocencia. Si los demás miran tu obra con una mente sucia es porque tú les has provocado.

Me enamoró Sally Mann, la autora de estas memorias que ya tengo en mis manos, *Hold Still*. La melena larga, gris, asalvajada a los sesenta y cuatro años. El aspecto juvenil de quien no quiere parecer joven porque jamás será una señora convencional: de la juventud habrá de pasar sin pasos intermedios a la atractiva ancianidad. Desprendía un estilo ligeramente country: el cuerpo enjuto, delgado, de quien anda mucho por el campo y hace labores manuales que requieren una gran inteligencia. La elegancia innata de quien posee una naturaleza entre aristocrática y salvaje. Vestía vaqueros gastados y una camisa blanca. Entró agitada al escenario, dando la impresión de que había llegado al teatro a lomos de uno de los caballos que gusta montar a pelo en su granja de Virginia. Neurótica, nerviosa, genial. Me cautivó.

Voy a copiar el toque Mann para ser así dentro de catorce años. Ya tengo cosas en común: la melena salvaje, la neurosis y la firme voluntad de vivir estos años como quiera. Me pregunto si esta mujer dormirá bien, por cómo se expresa aseguraría que tarda mucho en conciliar el sueño.

La foto del martillo ensangrentado aparece ya en primera plana del *New York Times*.

· ❄ ·

Hago la maleta, como siempre, a última hora. Nos vamos Elena, Lolita y yo, Antonio se queda unos días más para atender a los alumnos. Lolita se esconde en su maletín de viaje. Repite la misma secuencia de pequeños actos cada vez que viajamos. Ella es maniática, como todos los perros; yo soy neurótica, como algunos humanos. Y creo que nos retroalimentamos.

Hago como si ésta fuera una despedida más de la ciudad, no la gran despedida que en realidad creo que es. Hagamos que éste sea un sábado cualquiera, digo, vayamos a Henry's a tomar unos huevos Benedict. Y el Bloody Mary. Cumplamos con todos los rituales para que no parezca que la vida va a cambiar de manera sustancial. Y, sin embargo, algo en mi corazón me va diciendo que éste es mi último invierno en la ciudad. Y presiento lo que irá ocurriendo, aunque no se lo digo a Antonio para no asustarle y que se vaya encontrando poco a poco con lo inevitable.

Es inevitable, por ejemplo, que perdamos la *greencard* que tanto nos costó conseguir. Dinero e ilusiones. Pero finalmente nos causará menos problemas venir aquí de vez en cuando como turistas que mantener la residencia. Los policías de inmigración nos pondrán mala cara si no residimos al menos seis meses en Estados Unidos y quién sabe si en alguno de nuestros viajes deciden mandarnos de regreso a España por no cumplir con lo exigido tras habernos concedido el privilegio de ser uno más. Reconoceremos entonces que conservar la cordura viviendo en dos ciudades tan alejadas entre sí es casi imposible, y que será mejor buscar un extranjero más cercano y más barato. Volveremos a acariciar la idea de Lisboa. Y habrá un día en que estaremos sentados en una terraza de la ciudad blanca y Antonio dirá, celebrando como suele aquello que tanto le ha costado decidir: «Te lo dije, esto es lo mejor que podíamos hacer».

Ese momento de la primavera, mágico y fugaz,
en el que me reconcilio con la ciudad.

Yo me alegraré de estar más próxima a las personas que quiero, y me arrepentiré siempre de no haber estado cerca de mi padre en sus últimos años. Se lo diré así a Antonio, le diré: «Me pesa mucho el no haber estado más cerca de mi padre», y él me querrá borrar de la mente todo arrepentimiento, como siempre, pero yo mantendré, porque mi conciencia es soberana, legítima mi culpa.

Ahora que esa palabra se considera caduca y que se vincula exclusivamente a la religión, yo asumiré que tengo la culpa de algunas cosas en mi vida, y no querré renunciar a esa responsabilidad. Tengo la culpa de los ojos llorosos de mi padre aquel día de julio de 2004 en que le acompañé a la puerta para despedirlo la víspera de marcharnos a vivir a Nueva York. Yo sabía lo que era para él la rutina de venir a casa los sábados o los domingos a comer; sabía lo que para él significaba que estuviéramos en Madrid los veranos, porque experimentaba, como tantos abuelos, el terror a morirse cuando no hubiera nadie. ¿Ha de renunciar un hijo a vivir su vida? No lo sé. Mi padre no renunció jamás a sus pasiones, más bien nos arrastró a ellas, no fue un marido ejemplar ni un padre entregado, pero me quiso mucho. Eso para mí ha sido siempre suficiente. Tal vez un padre más atento, en exceso protector, me hubiera agobiado, dado ese carácter que se me despertó en la adolescencia y que marca todos mis actos: el rechazo a la autoridad, la necesidad de ser dueña de mis decisiones.

Yo me ausenté los últimos nueve años de su vida. Cada vez que lo llamaba por teléfono me preguntaba por la fecha de vuelta. En los dos últimos años me resultaba fatigoso hablar con él porque era incapaz de salir de su ensimismamiento y siempre me preguntaba lo mismo: «¿Cuándo vuelves?».

También nos alejamos de nuestros hijos. Muchas veces me preguntan que dónde están los chicos, si aquí o allá. Piensan que nuestros hijos son más jóvenes y que viven con nosotros y les tengo que aclarar algo que a mí también me resulta extraño, que prefirieron quedarse en Madrid, que ninguno de ellos eligió venir a pasar sus últimos años de adolescencia en un pequeño apartamento en Nueva York. Es increíble que la cercanía que tenemos con ellos no se haya resentido. No creo que haya sido mérito nuestro: hemos tenido mucha suerte.

Después de comer los últimos huevos Benedict de este invierno recién terminado y de una primavera aún tímida, emprendemos el camino a casa. Elena nos dice que se va a hacer unas compras de última hora. Antonio deduce que lo ha hecho a propósito, que nos ha querido dejar solos estas dos horas de siesta antes de marchar. Las mujeres tenéis mucha perspicacia para estas cosas, dice.

Pero ¿qué saben los hijos de nosotros? ¿Nos conceden el privilegio de la pasión, del amor tal y como ellos lo sienten, o prefieren imaginar que parte de nuestra naturaleza está voluntariamente dormida?

Hay una parte de nosotros que desconocen y que sólo sabrán cuando alcancen nuestra edad, o cuando ya no estemos.

Índice

Comencé este diario el 16 de enero
y lo terminé el 16 de mayo de 2015.
Sólo unos días de primavera
nos fueron concedidos, por tanto;
son los recuerdos de nuestro
último invierno en Nueva York.